Universale Economica Feltrinelli

STEFANO BENNI
DOTTOR NIÙ
Corsivi diabolici per tragedie evitabili

Feltrinelli

Prima edizione nell'"Universale Economica" – SUPER UE maggio 2001
Prima edizione nell'"Universale Economica" gennaio 2007
Seconda edizione marzo 2007

ISBN 978-88-07-81945-2

Nota dell'autore

Questo libro raccoglie parte dei corsivi che ho scritto per il giornale "la Repubblica". Sono al novantacinque per cento integrali, abbiamo soltanto tagliato qualche riga e tolto alcuni riferimenti di cui si era sbiadita la memoria nello scorrere della storia universale e italiana, ad esempio una pubblicità di gelati e Prodi. Nell'Indice troverete le date di pubblicazione. Ringrazio il direttore di "Repubblica" Ezio Mauro, Alberto Rollo Napalm della Feltrinelli e il dottor Carlo Alberto Passuti della Weclam University.

DOTTOR NIÙ

Corsivi diabolici per tragedie evitabili

INVERNO

1.

Il dottor Niù

Avevo appena parcheggiato la macchina, quando un tizio con occhiali neri e capelli rasati mi viene incontro e si presenta: dottor Niù, consulente di aggiornamento tecnologico per famiglie.

È un tipico esemplare Mediaset, un uomo per cui il tempo si è magicamente fermato. Ha sessant'anni ma ha il fisico di un quarantenne, l'han condannato a vent'anni di galera, ma non ne ha fatto neanche uno. Mi spiega che la sua è una new profession nata insieme alla new economy per una new way of life. Devo solo avere un old conto corrente con un po' di old fashion money per pagargli l'old onorary.

Travolto dal suo garbo e dal suo eloquio, firmo un contratto di consulenza. Diamoci subito da fare, dice il dottor Niù, la sua vita va ottimizzata e rimodernata. Cominciamo dalla sua auto, è un vecchio modello superato e ridicolo. Ma ha solo tre anni, dico io. Tre anni sono tre secoli nella new economy, spiega. La sua auto non ha il navigatore satellitare, i vetri bruniti, l'altimetro, le sospensioni antialce. Però funziona bene, dico io. Si vede che non guarda la pubblicità, ride il dottor Niù. Cosa vuole dire "funziona"? L'auto non è fatta per funzionare, ma per mostrarla, per esibirla, per parlarne con gli amici, il funzionamento è un puro optional. Insomma in meno di tre ore ho il nuovo modello di auto, una specie di ovolone azzurro a dodici posti. Peccato che in famiglia siamo in tre.

Il giorno dopo il dottor Niù piomba a casa mia per organizzare un new restyling. Per prima cosa dice che la mia porta in legno è roba medioevale. La sostituisce con un lastrone blindato d'acciaio che sembra la lapide di Godzilla. Poi sostituisce la mia vecchia pentola con una brocca Kettle elettropiretica, sei secondi per bollire l'acqua. Al posto del glorioso e bisunto forno, mette un microonde che cuoce un pollo solo con lo sguardo. Il tutto mi prosciuga il conto in banca, per cui obietto: cosa mi serve cucinare velocemente se poi non avrò un cazzo da mangiare? Non si preoccupi, dice il dottor Niù, la nostra ditta fa prestiti rapidi, firmi qui e in trenta secondi avrà un mutuo con tasso al trenta per cento. Come in sogno, firmo.

L'indomani il dottor Niù si ripresenta, e sostituisce l'edera del giardino con una new edera modificata geneticamente che strangola i ladri. Poi scuote la testa rimproverandomi perché ho ancora la vecchia televisione col vecchio videoregistratore e la vecchia playstation. Obietto che ho comprato tutto l'anno scorso. Mi rispiega che per la new economy un anno è un secolo, e subito mi fa comprare la playstation due, dove si può giocare a Pokémon, vedere i film in Dvd e ascoltare la musica, insomma la macchina perfetta per fare litigare mio figlio videogiocomane, mia moglie cinefila e io che amo i Beatles.

Cerco di telefonare a un fabbro perché intanto la new porta blindata si è bloccata col new alarm system, ma rapidissimo il dottor Niù mi strappa il telefonino di mano. Ma non si vergogna, dice? Questo cellulare è un modello vecchissimo, pesa come un mattone, non ha il collegamento infrarossi, non ha il Wap, non ha il comando vocale, non ha i games e il grafic system per spedire i cazzi agli amici. Ma l'ho comprato solo due mesi fa, mi lamento, e ci telefono benissimo. In due mesi, i telefonini hanno enormemente mutato le loro funzioni, dice Niù. Dopo che si sarà collegato alla rete, avrà mandato un fax, avrà riempito la rubrica con novecento nomi, avrà comprato i biglietti della partita e avrà giocato al serpentone mangiacoda, pensa di avere ancora il tempo di telefonare? Forse ha ragione, dico io.

Mi fornisce subito il nuovo telefonino, un biscottino nero con dei microtasti che ogni mio polpastrello ne prende quattro. Dopo dieci telefonate sbagliate, fortunatamente il mio cane Ricky lo ingoia e corre per tutto il giorno con l'ouverture del *Guglielmo Tell* in pancia, finché non si scarica la batteria.

Il giorno dopo torno a casa e non trovo più mia moglie. Il dottor Niù mi spiega che era un vecchio modello, e che bisognava rimodernarla. Me la riporta dopo una settimana liftata, siliconata e liposuzionata. Sembra un incrocio tra Emilio Fede e Moira Orfei. Preferivo il vecchio modello, dico a bassa voce per non farmi sentire. Perché anche lei è vecchio, ammonisce il dottor Niù. Nei tempi della tecnologia, la vecchiaia è un errore di programmazione, una colpevole resa. Investa in giovinezza. Mi fa un new prestito al quaranta per cento e mi chiudono in una clinica. Mi spianano le palpebre, mi massaggiano, mi drenano, mi mettono una pompa idraulica nel pistolino, mi trapiantano tremila capelli sintetici e un rene di bambina thailandese. Non ho il coraggio di guardarmi allo specchio, ma il cane mi ringhia contro, mia moglie piange e mio figlio scappa di casa.

Non ne posso più. Mentre mi stanno consegnando il computer che ho ordinato la settimana scorsa, il dottor Niù lo blocca sulla porta, spiegando che in una settimana è già invecchiato di due generazioni. È lento, ci mette sedici secondi a entrare in rete, un'eresia nel tempo veloce della tecnica. E così mi fa comprare un computer della Nasa con quattro gigabyte, e una web cam con cui, in sette secondi, posso far vedere il mio culo in tutto il mondo.

Ma se tutto deve essere nuovo, obietto, come mai il presidente degli Stati Uniti sembra il nonno di suo padre? E come mai in Italia da vent'anni conserviamo in una salamoia di fard un miliardario pataccaro che propone sempre la stessa televendita? La politica è una cosa, risponde, la tecnoeconomia un'altra. A proposito, il suo prestito è scaduto, lo rinnova? Assolutamente no, ringhio. Forse mi sono liberato del dottor Niù.

La mattina mi sveglio. Il fedele cane Ricky non mi viene incontro. Ho un sospetto. Nella nuova cuccia blindata c'è un pitbull tysonberger reichwailer che conosce le arti marziali ed è collegato alla questura con un lunghissimo guinzaglio. Ah, questa poi no!

Vado a recuperare il vecchio modello di Ricky al canile. Quando torno ritrovo il dottor Niù nel mio giardino, nervoso. Adesso basta gli dico, non ho più una lira, mi lasci in pace! Va bene va bene, siete tutti irriconoscenti, risponde. Guarda il cielo, le piante, l'orizzonte e sbuffa. Cosa c'è che non va, gli chiedo? Caro mio, risponde, questo mondo è un vecchio modello. Troppi boschi, pochi parcheggi. La Silicon Valley è senza elettricità, il petrolio sta finendo, e lo sprechiamo alle Galapagos. Il traffico aereo è intasato, il clima si ribella, l'aria è irrespirabile. È un mondo sorpassato, non può più sopportare le esigenze della crescita tecnica, è una materia prima in esaurimento.

E allora cosa pensa di fare? ho chiesto.

Questo, ha detto il signor Niù con un'espressione folle nel fisico da quarantenne. Ha estratto una scatola nera con un pulsante, ha premuto e all'orizzonte è apparsa la nube di un'esplosione, poi un'altra e un'altra ancora. Come in un film americano, piovevano dal cielo camion, mucche e cabine telefoniche. La gente gridava, l'aria era rovente.

Disgraziato, ho detto, il mondo era un vecchio modello, ma avevamo solo quello. Adesso che lo avete distrutto, con cosa lo sostituirete?

In effetti, ha detto il signor Niù, non ci avevo pensato.

Ho udito un rumore lancinante, ho gridato di terrore, è la fine, è la fine. Invece era il trillo della sveglia: era tutto un sogno! Meno male ho pensato, balzando giù dal letto. Ho baciato mia moglie, la pentola, il cane, il mio vecchio telefono. In quel momento hanno suonato alla porta. Era un signore con gli occhiali neri che si è presentato come dottor Niù, consulente di aggiornamento tecnologico per famiglie.

Ho mangiato il suo fegato con un piatto di fave e un buon bicchiere di Chianti.

2.

Caro Agnelli ti scrivo

Gentile signor Agnelli, le scrivo perché lei è un capitalista illuminato, anche se la sua bolletta della luce la paghiamo noi. Vorrei dirle che c'è qualcosa che non mi convince nel mondo della pubblicità automobilistica. In questo videoparadiso dei guidatori vedo auto che percorrono strade di campagna, litoranee assolate, viottoli nel bosco e mai, dico mai una fila, una colonna, un ingorgo. Non si incontrano camionisti in sciopero, lavori stradali, code ai caselli e sorpassisti isterici, ma graziosi animaletti quali ranocchiette elefantini e leprotti, mentre nel mio abitacolo io trovo tutt'al più qualche tafano. In altre auto c'è qualcuno che pratica yoga, altre caricano autostoppiste di bellezza inaudita, altre volano o passano sotto l'asfalto come talpe. Mai, dico mai, ne ho vista una penare alla ricerca di un parcheggio, perché tutte approdano magicamente nel parco di una villa. In uno spot ho visto una donna che guarda il marito lavare la macchina e viene colta da un raptus erotico, io ho lavato tutta estate la Prinz in mutande, ma non mi è accaduto nulla di simile. Ci venda queste auto magiche, senatore.

Nel videoparadiso non si vede, ma ogni weekend crepano cinquanta persone perché hanno scelto l'itinerario sbagliato, l'Autosole invece che la stradina nel bosco. Perciò, signor Agnelli, dove si compra l'optional Eliminatraffico, Caricalapupa o Veralibertà? Dove si trova questa villa con ampio parcheggio? E lei mi assicura che se faccio lo yoga in macchina non mi multano? E come ultima domanda, qual è il tasto segreto per trasformare un'auto in tigre, in asso del calcio o in top model, perché l'unica trasformazione che fa la mia è in torta alla panna, quando la posteggio in zone frequentate da piccioni. Insomma, mettete subito in commercio questi nuovi modelli e spiegateci come si fa a uscire dal garage e trovarsi subito in riva al mare senza chilometri di fila. Se no ha ragione il mio meccanico, quando dice che la pubblicità ha diritto di prendere un po' per il culo i clienti, ma voi delle automobili state esagerando.

Gentili Tim e Omnitel: la spiegazione dei vostri nuovi numeri a dodici cifre è chiara come Previti quando parla dei suoi conti esteri. Ma vi scrivo per un altro motivo. Avendo sentito negli spot seicentoventisettemila volte la canzone "Con te partirò" del simpatico signor Bocelli, vorrei invitarlo a quanto segue: a) se l'invito è rivolto a me, ho la valigia pronta da mesi... b) se vuole partire con qualcun altro, si decida, perché ne abbiamo due palle così, anzi, con la nuova numerazione 06/2 palle così.

Egregia commissione controllo bollicine: avendo notato che nella pubblicità chi beve bibite e acqua minerale ha un notevole miglioramento d'umore, scherza, salta e ride con entusiasmo vicino al rimbambimento, ho provveduto ad acquistare una cassa di acqua frizzante per mio nonno. Speravo così di distoglierlo dalle tossiche dosi di vino che ingurgita ogni giorno. Dopo aver bevuto una sola bottiglia di una celebre acqua, mio nonno ha tirato un rutto lungo come il *Bolero* di Ravel ed è sprofondato in una tale depressione che temo fortemente per la sua vita. Dove abbiamo sbagliato?

Gentile signor garante dell'editoria: mio figlio Gaetano ha avuto una relazione con una signora sposata, è stato sorpreso dal marito e si sono accoltellati. Non lo dico perché è mio figlio, ma modestamente tutto il paese ne ha parlato. Ebbene, ancora nessuna trasmissione televisiva né regista né impresario porno si è ancora fatto avanti per lanciare mio figlio nello spettacolo. È un bel ragazzo (allego la foto), è disoccupato e non è la prima volta che combina casini, e allora? Non voglio pensare che anche qui ci vogliono le raccomandazioni.

3.
La favola della fine del mondo

– Papà, mi racconti la favola degli uomini del Duemila?

– Va bene, ma dopo dormi. Nel Duemila gli uomini avevano un sacco di cose: i sonniferi, il campionato di calcio, le sfilate di moda, il silicone, i computer...

– Anche la pizza?

– Anche la pizza. Ma, malgrado possedessero tutto questo, la loro vita cominciò a peggiorare. Non sarebbe stato catastrofico, se lo avessero ammesso e si fossero comportati di conseguenza. Ma ormai erano abituati all'idea che la storia era come un'automobile, doveva essere sempre nuova e più bella, anche se non c'erano più le strade per farla andare avanti. Il clima e l'ambiente impazzirono, ma gli uomini sembravano quasi contenti di battere ogni record di caldo e di freddo. La meteorologia era l'unico sport dove le prestazioni crescevano mostruosamente e nessuno chiedeva misure antidoping. Nelle città non si respirava più e l'aria fu privatizzata: i più ricchi usavano le bombole Fiat-Eolo all'aria di montagna. I giovani avevano lo zainetto Standa all'alito di rockstar, mentre i più poveri si accontentavano della Pneumocentro, la bombola-risparmio che elargiva quattro respiri al minuto. L'agricoltura era sconvolta, ma gli scienziati pensavano a costruire sedani a tre stadi e maiali col manico, c'erano siccità e bibite gassate, yacht e alluvioni, club vacanze e onde anomale.

– Cosa vuole dire anomalo?

– Quando una cosa l'hai lasciata spadroneggiare e ingrandire fuori da ogni legge e regola, anzi ci hai pure fatto affari, e poi non riesci a togliertela più dai coglioni, allora la chiami anomala.

– Come Berlusconi?

– Chi ti ha detto queste cose?

– Ponding, il mio compagno di giochi: lui è molto colto, vive nella vecchia biblioteca. Mi ha detto anche che nel Duemila avevano paura soprattutto di tre cose: della moviola, delle rughe in faccia e degli squatter.

– Sì, allora nessuno si preoccupava se le banche, o i palazzinari, o le industrie, si impadronivano di intere città, radevano al suolo quartieri, rendevano inabitabile un'intera zona. Però se qualcuno occupava una casa vuota, si incazzavano come iene.

– È così che cominciarono ad andare indietro?

– Esattamente. I trasporti divennero sempre più lenti e caotici. Poiché era di moda l'esoterico e il divinatorio, un giornale che si chiamava "la Repubblica", dopo i tarocchi regalò l'orario dell'Alitalia. C'era gente che prenotava un volo alla Malpensa per poter stare lì tutta notte a fare lo scambio di coppie. I treni si nascondevano nei tunnel per la vergogna. Le autostrade diventarono a cinque corsie, così rimasero vuote le tre corsie di destra per l'unica Prinz che non si vergognava ad andarci. E poi c'erano gli incendi.

– E come li spegnevano?

– Col fiato. Appena ne scoppiava uno grosso, cominciavano a litigare, le regioni accusavano il ministro, il ministro accusava le regioni, tutti e due accusavano il forte vento di scirocco, e l'esercito restava in caserma a fare la guardia al ficus del colonnello.

– E avevano altri problemi?

– Le atomiche esplodevano ancora ma erano deterrenti, le guerre erano intelligenti, i mercanti d'armi si chiamavano esportatori di tecnologia bellica. Solo i morti continuavano testardamente a chiamarsi morti. Dai paesi poveri i disperati cercavano di sbarcare nei paesi ricchi. Alcuni trovavano un'accoglienza di destra, un calcio nel culo e via, altri un'accoglienza di sinistra, un calcio nel culo e un chinotto. Perché i paesi ricchi, ormai, avevano paura di tutto: della zanzara africana, della borsa asiatica, dei neri non calciatori, dei bianchi non bergamaschi. E avevano inventato una parola magica: emergenza. Emergenza ozono, emergenza incendi, emergenza mafia, emergenza immigrati. Emergenza voleva dire "Niente paura, passerà". Alla fine giunsero all'"emergenza delle emergenze", e non uscirono più di casa.

– E nessuno denunciava queste cose?

– Come no. C'erano i film catastrofe, i concerti di beneficenza, la pubblicità Benetton. E poi i raduni degli scienziati, al termine dei quali i partecipanti si riunivano tutti insieme e lanciavano un grido di allarme. Era una cerimonia molto divertente, qualcuno gridava anche "gol" o faceva il verso dell'upupa, poi tornavano a casa contenti. La televisione aveva cento canali ma dentro ci giravano sempre le stesse facce. Così la gente diceva: be', se loro sono sempre lì, vuol dire che le cose non peggiorano. Magari se avessero visto un presentatore prendere fuoco, un politico travolto da un'ondata, o un gommone di profughi piombare in mezzo a un quiz, si sarebbero preoccupati. Ma le cose brutte si vedevano solo nei telegiornali, che ormai erano considerati delle favole cattive.

– E poi cosa accadde?

– Be', te l'ho già raccontato. Un giorno il polo si squagliò e il mare si alzò di sette metri. Tutto sprofondò in trenta secondi di diretta e quattro spot. Restarono solo rottami galleggianti. Sull'ultima zattera un certo Gasparri, un ducetto da discoteca, prendeva a remate un albanese che voleva salire. Poi tutto tacque. Ci salvammo solo noi, e la vita sulla Terra continuò.

– Insomma babbo, sono proprio fortunato a essere nato topo.

– Proprio così, figlio. Hai studiato la lezione per domani?

– Sì: nella storia dell'evoluzione dei topi ci sono tre grandi periodi: quello di Neanderthal, quello di Simmenthal e quello di Emmenthal.

– Bravo, sono orgoglioso di te. E adesso dormi. Buonanotte.

4.

I mostri della notte di Natale

Che Natale sarà? Un po' felice e un po' impaurito. Sembra che tutti si siano accorti che la Terra è in pericolo, anche se i tecnocrati ecofagi penecefali riuniti all'Aja hanno riaffermato che per prima cosa bisogna salvare gli equilibri politici ed economici del mondo, e poi il mondo. Una ventata di eco-paura ha scompigliato i media, più per presa di audience che per presa di coscienza. Figuriamoci l'asse Rai-Fininvest, ormai così finto e impaurito dalla realtà da affidare la cosiddetta "Tv verità" ad attori e burattini.

Ma basta coi cattivi pensieri: non c'è inflazione, devoluzione o alluvione che possa fermare i doni di Natale, questa Festa durante la quale finalmente possiamo comprare in una settimana tutto ciò di cui non abbiamo bisogno il resto dell'anno.

Ecco per voi i tipi più singolari di donatori natalizi.

L'Ansioso. Soggetto che entra in ansia da regalo con largo anticipo, a volte dal ventisei dicembre dell'anno prima. Ci tiene a far bella figura, ed è terrorizzato dall'idea di dimenticare qualcuno, o di sbagliare regalo. La vacanza natalizia è il suo periodo di maggior lavoro. Compila elenchi di persone e doni da abbinare. Già verso novembre inizia i primi acquisti. Misura di nascosto l'impronta di un sedere su un divano perché deve regalare dei pantaloni. Entra di notte in casa dell'amico e gli fotografa l'armadio con le cravatte. Telefona agli amici del figlio per sapere che regali vuole suo figlio che deve a sua volta telefonare a tutti gli amici per dire che regalo devono dire, e il risultato finale è un regalo all'Omnitel. Potete vedere l'ansioso, la settimana prima di Natale mentre gira per negozi con una serie di dossier, tariffari e cataloghi. La sua richiesta può essere terribilmente precisa. Una gonna scozzese verde e gialla per una signora che ha le chiappe asimmetriche. Un libro per un signore che ha due e mezzo di miopia, preferisce le copertine dorate, ha una passione per i cavalli e vuole che le storie finiscano bene. L'autore? Faccia lei. Quando finalmente l'ansioso arriva al fatidico ventiquattro sera, carica un quintale di regali sul portapacchi, sale in auto e stremato si addormenta nel garage. Si sveglia la mattina del ventisei. Nessuno in famiglia lo saluterà per un anno.

Il Ritardatario. È l'opposto dell'Ansioso. Si muove solo un giorno prima e in un pomeriggio pretende di comprare tutti i regali, fende la folla a gomitate, insulta i commessi, ruba orsacchiotti ai bambini, urla "ma che cazzo ci fa in giro tutta questa gente!". In due ore esaurisce gli acquisti. Per questa sua fretta, il ritardatario è quasi sempre monotematico. Cioè, accappatoio rosso per tutti, vaso portafiori per tutti, dentiere per tutti, compresi i bambini.

L'Antinatalizio. Inizia un mese prima a martellare la frase "quest' anno non faccio regali, e guai a voi se mi fate un regalo, basta col consumismo". Dopo questo diktat, ecco cosa può accadere.

a) L'Anti tiene duro, non fa regali a nessuno ma tutti gli fanno un regalo e lui, sotto sotto, sente di aver fatto una figura di merda.

b) L'Anti tiene duro, non fa regali a nessuno, nessuno gli fa un regalo e lui ci rimane male e fa l'offeso.

c) L'Anti cambia idea, fa regali a tutti, nessuno gli fa regali rispettando il suo antico volere, e lui si incazza perché l'hanno preso sul serio.

d) L'Anti fa il regalo solo al piccolo Sergino, un etto di caramelle, e il piccolo Sergino glielo tira in faccia.

Il Riciclatore. Pericolosissimo. Non si sa se agisca per parsimonia o vizio atavico. Ma riciclare i regali ricevuti è più forte di lui. Anche se è un abile incartatore e infiocchettatore, finisce inevitabilmente smascherato. I suoi errori più comuni: regalare una statuetta giapponese alla stessa persona che gliel'ha regalata il Natale prima. Regalare alla fidanzata di nome Adele un libro con la dedica "al mio bel porcone la sua Cinzia". Regalare agende del 1997, oppure con la scritta "La Banca Romagnola fa i migliori auguri ai suoi clienti".

L'Impacchettatore. A questo tipo di donatore non interessa il regalo ma la confezione. Passa ore e ore a manovrare fogli di carta lucida, nastri, pigne dorate, palline di vetro, muschi e licheni. Confeziona scatoloni di ogni forma e colore, è capace di stare tre ore a pensare come impacchettare un ombrello senza che sembri un ombrello impacchettato. Il risultato finale è che in quella confusione di nastri e carte, non sa più di chi sono i regali. Accadono piacevoli scambi: sci di due metri e mezzo per il piccolo Sergino, una confezione di Viagra per il cane, un osso per lo zio, un reggicalze per il padre, una pipa per la mamma, un cazzo di gomma per la nonna e i ferri da calza per il fratello.

Il Gastronomo. Regala solo roba da mangiare. Compra ad esempio una mortadella di venti chili. Poi pensa che è troppo grande ed è meglio dividerla in due regali. Mentre la divide, ne mangia cinque chili. Poi, in un attacco di tirchieria, ci fa sei regali e sei mortadelline. Ne mangia quattro. Si accorge che adesso il regalo è alquanto misero e, per il nervosismo, mangia le ultime due. Si presenta a mani vuote e, al pranzo natalizio, vomita appena arriva in tavola la mortadella.

Lo Snob. Costui non fa regali né li riceve. Snobba anche il cenone. Raramente fa l'albero o il presepe. Di questi individui insensibili ce ne sono parecchi, ad esempio, in Zaire, in Bangladesh e in Sudamerica.

Il Tradizionale o *Veronatale*. Il più pericoloso di tutti. Per lui a Natale bisogna rispettare scrupolosamente ogni rito e tradizione. Già la settimana prima inizia a controllare la casa dove avverrà lo scambio di doni. Se non c'è l'albero, lo porta lui e lo arreda, se non c'è il presepe, lo fa, se il padrone di casa è ateo, nasconde la grotta di Betlemme nel freezer, l'importante è che ci sia. Inizia a massacrare tutti con telefonate del tipo "mi raccomando non regalare una vestaglia a mamma che gliela regalo io, e non scordarti il bambolotto a Serena perché io le regalo la sciarpina". Pedina di nascosto i parenti per accertarsi che facciano gli acquisti giusti. Controlla anche il Natale dei limitrofi, ad esempio si fa mandare una polaroid del presepe dalla famiglia della fidanzata, o telefona al suo dentista chiedendogli perché non ha ancora comprato il panettone. Sceglie il menù della cena. Si presenta con un centrotavola natalizio formato da un bosco di abeti, grappoli di palle e una candela alta un metro che, accesa, ammorba l'aria. Da questa abetaia escono spesso scoiattoli che rubano la frutta. Obbliga i bambini a leggere la poesia, i grandi a cantare *Silent night*, il nonno a raccontare il Natale sotto le bombe. Tiene tutti inchiodati a tavola fino a mezzanotte. A mezzanotte, distribuisce lui i regali uno alla volta. Ogni volta il donatore deve spiegare i motivi profondi della sua scelta, e il ricevente deve esternare con un breve discorso la sua gratitudine. Ogni venti regali si canta *Astro del Ciel* e si mangia un torrone. In una famiglia di dieci persone, questo tipo di distribuzione può durare fino alle sei di mattina. All'alba, se il Veronatale è religioso, trascina tutti a messa, se è laico li costringe a fare un giro in slitta. Se c'è neve bene, se no si va sull'asfalto. Per difendersi da questo pericoloso individuo, alcune famiglie passano le festività in baite di montagna o, chi può, sulle isole tropicali, ma il Veronatale non demorde. Se vedete sull'aereo per i Caraibi un uomo con un albero di Natale e una valigia di panettoni, sappiate che è un Veronatale che sta per colpire a distanza. E Dio non voglia che, per un ritardo, dobbiate passare il Natale in volo con lui.

5.
Natale a Monte Candido

Via, via da questo triste Natale, pensiamo, mentre la nostra auto lascia la città e appaiono le prime cime innevate. Via dall'eterna oscurità di bombe e Servizi segreti. Via dalla televisione più falsa e ripetitiva d'Europa, sequestrata da una ristretta gang di politici e reggicoda, affaristi e pubblicitari. Via dai giornali servi sciocchi della televisione. Via dalle divette che sbavano per una copertina e dagli scrittoroni scodinzolanti per un premio. Via dai sondaggi ammaestrati e dai rockettari cortigiani. Via dalla catastrofe climatica e dalla new avidity. Via dall'arroganza dei Formigoni e dei Berlusconi al di sopra di ogni legge, via dal gastrocentrismo rutelliano dove più della base conta la maionese. Puntiamo verso Monte Candido, sperduto paesino alpestre dove speriamo di ritrovare i valori del Natale di una volta. La strada si inerpica verso le vette solitarie e ossigenate, tiriamo una gran boccata d'aria e anche se siamo bloccati in una fila di venti chilometri sentiamo la differenza. È inquinata uguale, ma è più fredda, come una bella granita alla merda. Al bivio per la Val Candida, ecco i primi impianti accogliere la gaia invasione degli sciatori. Un'ovovia trasporta tremila persone all'ora, così, appena arrivati in cima, si è già nella fila per risalire. Si chiama procession sky, è l'ultimo grido dello sci estremo, si scende a passo d'uomo e si cade tutti insieme come birilli.

Subito dopo ci appare il ridente paesino di Siamo di Sotto, che deve il suo nome al fatto che è stato costruito su un frana e da trent'anni continua a scivolare a valle.

Qui c'è il bivio per Monte Candido. Saliamo lentamente per gli stretti tornanti incorniciati da abeti centenari e manifesti di Berlusconi ventenne, ed eccoci alla Baita Candida, dove vive la famiglia Tronchi, erede e continuatrice del genuino Natale di una volta.

Il capofamiglia Olmo Tronchi ci viene incontro sulla antica slitta di legno trainata da due cavalli a dondolo e ci accoglie nella sua casa. È una bellissima genuina baita dove arde un tipico camino dentro al quale bolle una incontaminata polenta dentro alla quale è caduta la rustica pipa del nonno Tarlo Tronchi, facendolo genuinamente bestemmiare nell'antico dialetto Candù, che si parla solo su queste montagne.

Qui ci informiamo su come la famiglia Tronchi si prepara a passare il Natale. Babbo Olmo spiega che lui tiene dietro alle bestie, anzi alla bestia, la mucca Betulla che da sola produce sessanta litri di genuino latte alpestre, da cui si ricavano leggendari formaggi quali il Puzzone di fossa e il Tremmendhal. La moglie Scorza Tronchi, una robusta montanara dal volto rubicondo, va in giro a raccogliere legna, castagne e soprattutto funghi pregiati, di cui la montagna è ricca. Il più famoso è il porcino Golia, che può raggiungere i settanta chili e può essere usato sia in cucina come condimento, sia in salotto come divano. Uno di questi esemplari giganti è in bella mostra sul tetto della baita. Poi ci sono i due figli, Truciolo e Pialla Tronchi. Truciolo a soli dieci anni è abilissimo nei lavori di falegnameria, costruisce orologi a cucù e si è anche fatto una playstation in legno. Pialla invece sciolina la casa e va a tartufi col segugio Trifolino. Trifolino, dice la leggenda, è dotato di odorato così acuto che riesce a sentire un tartufo molti chilometri sotto terra: l'anno scorso ne ha individuato uno grossissimo in Nuova Zelanda e se l'è fatto spedire per posta. Ma il vero custode della tradizione è nonno Tarlo, novantadue anni, robusto come una quercia. Egli ci racconta la storia della Val Candida. Una volta lì abitavano ben trentadue persone e due yeti, ma il fascino della metropoli e le valanghe li hanno ridotti a trenta, compreso il leggendario bisnonno Carbonio che vive in una capanna in cima alla montagna.

A Natale in Val Candida si rinnovano due antichissimi riti: il Tiralabete e il Presepe Dormiente. Il primo fa parte di una rude tradizione montanara. I maschi della valle vanno nel bosco a prendere un grosso abete e poi non attaccano le palle all'albero, ma viceversa. Chi riesce con virile sofferenza a trainarlo per primo a casa, ha vinto. In quanto al Presepe Dormiente, si svolge in una grotta di ghiaccio. Per resistere al freddo Giuseppe, Maria e i visitatori si scambiano una o più bottiglie di grappa, e anche il Bambin Gesù viene biberonato a vin brulé. Il risultato è che, dopo mezzanotte, tutti crollano sbronzi e addormentati.

Nonno Tarlo è una vera miniera di antiche tradizioni moncandidesi. Ci spiega ad esempio la tipica ricetta della zuppa d'Orszo. Si porta nel bosco un grosso paiolo di minestrone d'orzo, si aspetta l'orso e mentre mangia la zuppa, lo si spinge dentro. È una zuppa molto pericolosa. Restiamo tutta sera davanti al camino, ascoltando le leggende della valle e mangiando polenta con funghi. Poi, dopo aver cantato in candù e aver visto nonno Tarlo scolpire abilmente nel ghiaccio una simpatica svastica, ce ne andiamo felici. Esiste ancora, grazie a Dio, un posto incontaminato, non ferito dall'arroganza dei media e dell'affarismo imperante!

Purtroppo alla prima curva la macchina sbanda sulla neve e finiamo in un fosso. Torniamo alla baita per chiedere aiuto e: orrore! La scena è assai cambiata. Nonno Tarlo, in divisa da SS, sta scolpendo un ritratto di Haider in grandezza naturale. Mamma Scorza sta inscatolando la marmellata di castagne Monte Candido allungandola con lucido da scarpe marron, e vende muschio per presepe via Internet. Truciolo costruisce dei pornocucù da cui sbuca di tutto. Pialla guarda Baywatch in edizione originale (il megafungo sul tetto è in realtà una parabola). Babbo Olmo, alla guida di una ruspa, stermina stambecchi ed estirpa abeti per costruire Moncandido Due, residence con annessa seggiovia e supermarket. Trifolino, uggiolando, ci porta nella stalla per mostrarci una intera cambusa di polenta surgelata e latte in polvere. La mucca Betulla è morta l'anno scorso, centrata da un jet americano in volo d'addestramento. Inoltre, sgasando sui tornanti con gipponi e motoslitte, sta arrivando una comitiva di Vip che trascorrerà Capodanno nella baita, un milione a testa cenone compreso.

Ci allontaniamo delusi e pensosi. Esiste ancora qualcosa di genuinamente natalizio in cui credere? Ci addentriamo nel bosco, ed ecco che mettiamo i piedi in una genuina tagliola di una volta. Nonostante il dolore, siamo felici. E improvvisamente ci appare, in cima alla montagna, la capanna di bisnonno Carbonio. Un filo di fumo riga il cielo stellato, un albero di Natale con genuine candeline di cera riluce sulla neve. Ecco lassù il vero spirito della Festa, la povertà e la semplicità che stiamo perdendo, travolti dalla tecnologia e dai falsi bisogni consumistici. Zoppicando, ci inerpichiamo. Purtroppo, a pochi metri dalla cima, ci accorgiamo che lassù il telefonino non ha segnale. Siamo costretti a tornare giù.

Addio Monte Candido, ti porteremo sempre nel cuore.

6.

Capodanno

In quanti modi, piacevoli e no, si può passare il trentun dicembre? Ecco un breve elenco di coloro che non esiterei a definire gli ardimentosi eroi del Capodanno.

Il Solitario. Il Solitario, una settimana prima della notte fatidica, viene colto dalla sindrome di San Silvestro, uno strano miscuglio di spleen, misantropia e odio per le ricorrenze. Dichiara agli amici che non parteciperà a questo rito noioso e sempre uguale, e che per lui Capodanno è una notte come le altre. A tutti coloro che gli chiedono "cosa fai il trentuno" risponde con omelie e invettive.

Questo stato di orgogliosa autonomia dal clima di festa dura fino alle nove della sera fatidica. A questo punto il Solitario viene colto da pensieri tristissimi. Spia alla finestra i festosi preparativi di tutti, e i primi petardi gli feriscono il cuore come stilettate. Lascia il frugale pasto e il libro con cui aveva preventivato di passare la serata e parte in macchina, senza orologio, sperando di non pensarci più. Ma tutto gli ricorda la sua solitudine. Frotte d'auto con gente vestita da sera lo sorpassano, comitive armate di bottiglie di champagne lo salutano, botti gli esplodono intorno. Ed egli si rende conto che la città si è misteriosamente riempita di giganteschi orologi luminosi. Alle dieci e mezza la sua tracotanza si è trasformata in una resa dolorosa, e farebbe qualsiasi cosa per brindare con un essere umano.

Davanti a lui ci sono alcune ultime, disperate soluzioni: a) telefonare agli amici appena snobbati; b) comprare una bottiglia di moscato e passare il Capodanno col casellante dell'autostrada, fingendosi un camionista; c) entrare in un bar con una bottiglia di champagne e gridare "è nato mio figlio, offro da bere a tutti"; d) entrare in un ristorante, fingendo di aspettare qualcuno, poi alle undici e cinquantasei scoppiare a piangere gridando "quella maledetta senza cuore mi ha lasciato solo, me lo aveva giurato e invece non è venuta", dopodiché sperare nella pietà dei presenti; e) telefonare a una compagna di scuola brutta e mondanissima, da lui respinta trent'anni fa e dirle che improvvisamente ha capito di amarla follemente, e che vuole correre a casa sua a dirglielo; f) andare a casa di Gazzoli, come il noiosissimo Capodanno scorso, durante il quale il Solitario aveva giurato agli amici: "Se mi vedete un'altra volta a casa di Gazzoli, sputatemi in faccia".

Tutte queste ipotesi si rivelano impraticabili. Gli amici sono già usciti, al casello c'è sciopero, nel bar si è ammessi solo su prenotazione perché c'è un cenone di ottantasei portate con anguille al posto dei grissini. Il ristorante è guardato a vista da buttafuori che hanno già respinto decine di Solitari disperati. Al vecchio numero della compagna di scuola risponde un ristorante cinese che ripete "è tutto plenotato". Da Gazzoli c'è la segreteria con *Jingle Bells*. Non resta che una soluzione. Alle undici e mezzo il Solitario sterza l'auto contro il guard-rail. A mezzanotte trascorrerà il Capodanno con una gamba ingessata, insieme al medico di turno e a un'infermiera sorridente, con due gocce di Chardonnay nella flebo. "E pensare che stavo andando a una bellissima festa in campagna" – dice. "Anche noi" gli rispondono dai letti vicini sette Solitari ingessati, alzando i calici.

L'Ansioso. Per lui il problema del Capodanno nasce ai primi di ottobre. Da quel momento, egli comincerà a organizzare la serata, massacrando amici, consultando orari, prenotando ristoranti, e comprando un arsenale di fuochi artificiali. Per stare tranquillo, si farà firmare un impegno scritto dagli organizzatori di almeno sei feste, tutte a orari diversi. La settimana prima di Capodanno, l'Ansioso viene evitato come la peste. È agitato perché per problemi di approvvigionamento gli è saltata la festa delle tre e mezzo, e inoltre c'è un problema di neve per raggiungere una baita sul Cervino. Ma tutto si aggiusta con l'acquisto di tremila pizzette e di un gatto delle nevi. Anzi, il trentuno pomeriggio, egli riceve numerose telefonate di amici dell'ultima ora, che vengono smistati in varie feste della regione. Vestito di tutto punto e con quattro megatoni di botti nel cofano, l'Ansioso parte in macchina. Ha appuntamento alle dieci con una comitiva di amici in camper per andare a un ristorante dove si farà mezzanotte per poi andare a una festa al mare da cui alle tre si prenderà un treno speciale per andare alla festa nella baita in montagna da cui alle sei si scenderà in slitta fino all'autostrada dove un pullman riporterà tutti in città per prendere il cappuccino e concludere la nottata a casa di Gazzoli. Tutto procede bene, a parte la deflagrazione di un petardo che gli incendia metà macchina, ma il nostro eroe riesce a giungere al ristorante alle undici e mezzo, e qua inizia a mangiare in piedi tenendo i collegamenti via cellulare con vari gruppi sparsi e con la baita del Cervino. Ma alle undici e cinquanta lo stress degli ultimi giorni si scarica in una violenta colica renale. Imbottito di antidolorifici, viene scaricato dagli amici irriconoscenti al Pronto soccorso, dove il medico, mentre lo palpa, fa esplodere il petardo che teneva in tasca. Medicato d'urgenza, brinderà nel letto vicino al Solitario.

L'Esotico. Costui non può passare un Capodanno normale, ma deve organizzarne uno da raccontare agli amici. In un castello della Loira, su un catamarano in mare, in una miniera abbandonata in Sardegna. Leggendario un Capodanno su una chiatta ancorata sul Po, con disancoramento e risveglio a mezzogiorno a Spalato. Quest'anno è stato scelto il Capodanno in Cappadocia, in un monastero in cima a una roccia. Ci saranno canti di monaci, cibi tipici, e pernottamento in ceste matrimoniali sospese sul baratro. È obbligatorio un saio scuro, e possibilmente il cilicio. Si parte dalla Malpensa alle dieci. Alle dieci e mezzo, appare subito la scritta, "volo annullato". La comitiva passerà il Capodanno in piazza, sotto la neve, masticando panettone e noccioline seduta sui gradini. Alle tre, tutti da Gazzoli.

Gli Innamorati. Per tutto dicembre si sono fatti un giuramento: Capodanno solo tra loro, cenetta intima, e notte erotica. Lei si esibirà in uno strip e lui cucinerà il tacchino alle noci. Lui prepara la casa con ogni cura, compra candele rosse e lenzuola di seta, e prepara una vasca da bagno con petali di rosa. Lei acquista un completino di pizzo sexy da un milione e si allena per lo strip con le musiche più eccitanti per lui: Joe Cocker e la sigla della Domenica Sportiva. Agli amici che chiedono cosa faranno a Capodanno, rispondono "chissà, non abbiamo ancora deciso", e si scambiano un sorrisino complice. Alle dieci, tutto è pronto. Lui ha preparato la cena con l'aiuto del ricettario, il tacchino farcito è ottimamente riuscito anche se forse avrebbe fatto meglio a togliere le noci dal guscio. Arriva lei, con un vestito rosso mozzafiato. Lui ha una violenta erezione che rischia di concludere la serata già alle dieci e un quarto. Lei gli resiste. La cenetta trascorre tra deliziosi lazzi, guardando la televisione e commentando com'è piacevole questa loro intimità. Ma alle undici e mezzo suonano alla porta. È una brigata di cinquanta persone che grida "Sorpresa! Sapevamo che non avevate una festa dove andare, ma non passerete la serata da soli, se no a cosa servono gli amici?". L'allegra brigata invade la casa, vengono cucinati cotechini surgelati e lanciati petardi dal terrazzo. La vasca ai petali di rosa, scambiata per una grande sangria, viene interamente bevuta e tutta la serata risuona di rutti profumati. Qualcuno scopre il completo di pizzo sexy. Lui, ubriaco, è costretto a esibirsi sul tavolo in giarrettiere, lei è inseguita per i corridoi da tutti i maschi presenti. Alle quattro tutti vanno da Gazzoli. Dopodiché, finalmente soli, ma stremati, i due Innamorati si danno un casto bacio e si addormentano.

Gazzoli. Gazzoli non ne vuole sapere di organizzare la festa di Capodanno, ma ha una casa grande, una cantina piena di vini, e soprattutto è molto mite e non sa dire di no. Si calcola che, in vent' anni, abbia ospitato diecimila persone, offerto mezzo milione di bottiglie, pulito cento ettari di vomito e mai, dico, mai, cuccato una volta. I danni alla casa ammontano, ogni volta, a svariati milioni. Gazzoli è assicurato, ma la polizza gli scade sempre a mezzanotte del trentuno.

7.
I calendari

Il Duemila si è chiuso con una profonda ricerca di svelamento e verità: il calendario di nudo Vip. È uno smutandamento collettivo che moltiplica le tirature e le polemiche. Per alcuni è un nuovo rilancio della sessualità patria, dopo il sospetto proliferare delle chat line e delle pasticche-cric. Per altri è la nascita di una nuova turba erotica, il teleonanismo di gruppo. Colpiti da questa ossessione, gli ambosessi italiani si sono convinti che gli unici partner belli e desiderabili sono quelli promozionati dalla televisione e dai media collaterali. Così si ipnotizzano imbambolati davanti alla siliconata o al fardato di turno mentre tutto intorno circolano sventole e pivelli assai più avvenenti e accessibili. Per altri, infine, non c'è nulla di nuovo: questi oggetti del desiderio sono sempre esistiti. Dai calendarietti profumati di barbiere su cui si slogarono i polsi le migliori menti della nostra generazione, ai calendari per officina da cui spuntavano carrozzerie inaudite per i limiti censori dell'epoca. E anche le donne, a suo tempo, rivendicarono la loro dose di pettorali hollywoodiani.

Com'è il calendario che piace all'italiano? Anzitutto è dedicato a un Vip attrice, o attore che deve essere abbondante e onnipresente, non necessariamente in campo artistico, ma perlopiù buffettistico e mondano. Le pose sono ambientate nei luoghi più vari, dai tropici alle cave di ghiaia, da mari azzurri a interni leopardati, ma tutte tendono all'ascesi. Luci irreali, soffuse, empiree, sottolineano la lontananza di questo mondo dalla banalità del tinello e del talamo. Ma non sempre ci riescono: così l'inaccessibile diventa inespressivo, la maggiorata tende al surgelato, il selvaggio sfuma nel burino. Le modelle sono per lo più contorte, incurvate e sembrano minacciate da qualche dolore artritico o da uno sciame di vespe. Esibiscono un vezzoso mix di sfrontataggine e pudore, la bocca si estroflette a ingoiare lo spettatore, la manina corre a nascondere la patacca. Gli uomini sono incazzati e truci, hanno sul volto una tensione preoccupata, un segreto rovello che però non fa pensare ad apocalissi o grandi imprese, ma a un imminente sisma intestinale. Comunque la pensiate, niente fermerà questa carica di chiappe. Orde di Vip in fregola reclamano il diritto al loro mese di nudo. Ecco i calendari che hanno segnato il Duemila.

Sexy Bis. Calendario ulivista. In esso D'Alema e Veltroni hanno voluto ritrarre, nel nudo desiderio di nuovo, tutti gli uomini di sinistra dei loro governi. La ricerca è stata lunga e difficile. Perciò il calendario, per i primi sette mesi, mostra spiagge desolate, vedute aeree del festival dell'Unità, panorami di colline. C'è un luglio con un immenso mare azzurro e una barca minuscola da cui occhieggiano un paio di baffi bicamerali. Ci sono anche mesi che si ripetono, gennaio, gennaio bis e gennaio tris, ad anticipare le sorprese del nostro futuro politico. Il calendario però si riscatta e si infiamma negli ultimi mesi. Agosto mostra Cossutta nudo in una sauna russa, mentre vende gli elenchi telefonici di Roma al Kgb. Settembre, un sontuoso nudo sdraiato di Mastella (la faccia è quella sul lato destro). Ottobre, Bertinotti, con un perizoma di cachemire. Novembre, Ersilia Salvato in costume sadomaso che frusta un commercialista, simbolo del capitale. Dicembre, un gigantesco Babbo Natale coperto solo di una grande barba bianca, da cui sbucano due coglioni grandi come pandori, simbolo dell'elettore di sinistra.

Liberi e nudi. Calendario di Forza Italia. La durissima risposta di Berlusconi non si è fatta attendere. Il leader del Polo domina naturalmente tutto l'anno, avvolto da fumi e vapori che fan vedere e non vedere. Il mese più bello è marzo, dove Silvio, nudo in mezzo a venti diavoli rossi in toga, mostra che non ha niente da nascondere. Ci sono due deliziosi tocchi di narcisismo, il ritocco sui capelli e una piccola protesi di plastilina per incrementare il pistolino. Il mese più audace è forse luglio, che ritrae Previti nudo su una spiaggia delle isole Cayman. Infatti il mese ha solo dieci giorni (gli altri ventuno se li è fregati). Agosto contiene il paginone centrale col poster di Ferrara, da appendere ai muri se avete almeno sedici stanze. Ottobre e Novembre sono dedicati alla fierissima autonomia ideale e al ruolo decisionale di Fini e Casini nel Polo. Perciò si passa direttamente a Dicembre. A dicembre, tutta la Pidue nuda e senza cappuccio. Tanto, non interessa più a nessuno.

Santi e Martiri. Dopo Santa Maria Goretti e San Sebastiano, il più richiesto è San Giulio Andreotti vergine, ritratto durante la comunione, con un giglio in mano. Una breve ma commovente didascalia racconta come egli non abbia mai voluto baciare Riina, abbia avuto rapporti solo platonici con Lima e solo clintoniani con Ciancimino. Bello agosto, con Craxi che tira il frisbee sulla spiaggia di Hammamet, e De Michelis che glielo riporta.

Toghe scatenate. Il calendario dei giudici, nonostante il titolo, è molto castigato, pare per l'intervento moralizzatore di Violante. La foto più osé è forse il nudo equestre di Borrelli-Lady Godiva. Sexy-casareccio, ma divertente, il nudo di Di Pietro dentro una vasca di peperonata. Il trenino orgiastico del Csm è confuso ma rende bene la situazione.

Cuore di Vip. Non poteva mancare il calendario di beneficenza. In esso centinaia di cantanti, presentatori, calciatori, comici, attrici, scienziati e serial killer hanno posato nudi, da soli e in branchi. Il calendario ha coinvolto più di duecento persone che, come hanno dichiarato dopo la lavorazione, "si sono molto divertite". Frutterà circa mezzo miliardo. A questo punto sorge spontanea una domanda. Se l'obiettivo era il mezzo miliardo, non potevano tirar fuori due milioni a testa e risparmiarci il calendario? Perché, come succede sempre più spesso nella beneficenza con diretta televisiva, loro si devono divertire e la beneficenza dobbiamo pagarla noi?

Da non perdere *Iubilaeum*, il calendario papalino. Non solo perché, se appeso al muro con cero votivo, assicura sei mesi di indulgenza, ma per l'alta qualità erotico-teologica delle foto. Immagini intriganti e allusive, senza mai allontanarsi dal buon gusto. Barlumi di caviglie di suore, pedalini di parroci, uno scoscio nel sottanone di un cardinale, un orecchio di Rutelli. Forse l'unica caduta di tono è il nudo collettivo dei palazzinari e amministratori vaticani che rispondono con un gesto volgare a chi chiede dove finiranno tutti questi soldi. Il pezzo forte è naturalmente la foto di Wojtyla sulla papamobile, modello Fiat Uno e Trino. Sta sdraiato sul sedile posteriore, con una vestaglia bianca, appena aperta sul petto. Il resto alla fantasia e alla fede.

Narciso sarà sicuramente uno dei calendari più venduti. È composto da dodici pagine di celluloide a specchio. Quindi ognuno potrà vedersi in gennaio il naso che cola, in marzo le costole da disoccupato, in agosto la schiena scottata, in dicembre il culo levigato dalle fatiche annuali, e sviluppare così un sano rapporto col proprio corpo.

Il calendario più provocatorio è *Sexy Crash*, il nuovo calendario per i camionisti. Vi sono ritratti i diecimila morti per incidente previsti anche quest'anno, tutti nudi e sdraiati su una strada. Poiché si parla giustamente tanto di disastri aerei, di morti per ecstasy, di influenze letali, ma non si devono mai disturbare il Dio Auto, il dottor Agnelli e il Motor Show. I morti in auto sono una penosa necessità del progresso. Con questo calendario magari ce ne tornerà in mente qualcuno, alla faccia delle pubblicità ipocrite e truffaldine delle case automobilistiche.

Cyberlove. L'ultimo grido dell'eros transgenico. Da gennembre a lugliarzo, un campionario delle ultime novità. L'uomo-banana, la donna-orchidea, il transessuale svizzero con sessanta optional, la pecora geisha, il porcomputer, il sadoporcospino, Valeria Marini la mattina presto, il Processo del lunedì e il governo D'Alema. I miscugli affascinanti e mostruosi che non avreste mai creduto di vedere.

8.

Rainer Tim, esploratore estremo

Lunedì 5 gennaio

Cara moglie, quale prova terribile mi attende! Io, Rainer Tim, l'esploratore estremo che ha attraversato l'Atlantico in zattera e si è lanciato dal Cervino su un frisbee, tenterò l'impresa più grande. Cercherò di attraversare l'Italia, da Milano a Bari. Dio e gli sponsor siano con me! Ho caricato la Panda di viveri e via, verso l'avventura.

Giovedì 8 gennaio

Sulla tangenziale di Milano ho incontrato i primi problemi. C'è stato un maxitamponamento circolare di ventotto chilometri, e non si trovava la prima auto che aveva frenato. Ho visto molti assicuratori piangere. Appena ripartiti, c'era un blocco di Cobas. Offrivano latte in continuazione, e se qualcuno rifiutava dicevano "allora stai dalla parte del ministro!". Così ne ho dovuti bere ventotto litri, più un chilo di mascarpone, e ciò ha prodotto nel mio organismo un intenso traffico in direzione Sud.

Domenica 11 gennaio

L'autoradio dice che a Roma stanno cercando un accordo sui cinquantacinque anni, ma non ho capito se si riferivano all'età pensionabile dei lavoratori autonomi o agli anni di galera da risparmiare a Previti. Comunque, trattative o no, siamo bloccati a Piacenza. Ai Cobas del latte, del riso e del kiwi si sono aggiunti gli allevatori di maiali e i lavoratori ospedalieri. Offrono da mangiare a tutti e ti assicuro che la flebo di cotechino non è male. Sta nevicando e i mezzi dell'Anas spargono sale sul tetto delle auto incolonnate. Impossibile raggiungere un autogrill. Per fortuna la gente è molto premurosa, e dai cavalcavia lanciano pacchi con generi di conforto agli automobilisti bloccati. Sul mio parabrezza ne è arrivato uno contenente una panchina di pietra da un quintale, molto comoda. La solidarietà esiste ancora!

Sabato 17 gennaio

Finalmente siamo arrivati alle porte di Bologna. Purtroppo qui la colonna dei Tir del Nord si unisce alla fila del Motor Show che si salda con la fila dei produttori di olive del Sud e con l'ingorgo all'imbarco dei traghetti. La sosta in fila è una buona occasione per conoscere gli altri automobilisti, e così ho fatto amicizia con la famiglia Rocco, emigrata ad Amsterdam e tornata in Italia per le festività. (Veramente volevano festeggiare il Natale 1999 e sono arrivati il Natale dopo, ma sono contenti lo stesso.) Il capofamiglia mi ha detto che per tornare in Olanda preferiscono passare dalla Grecia perché si fa prima. Mentre parlavamo, la signora Rocco ha partorito. Hanno chiamato il figlio Borgo Panigale. Mi hanno spiegato che danno sempre ai figli il nome del luogo dove nascono, e mi hanno presentato i piccoli Brennero, Svincolo e Roncobilaccio, e le piccole Fiorenzuola e Galleria. Abbiamo festeggiato con pane e neve. A mezzanotte è giunta la notizia che il governo aveva varato una tassa di stazionamento autostradale e pattuglie di vigili paracadutisti stavano per piombare sulla fila. Nel fuggi-fuggi generale ho rubato una mucca ai Cobas e sono sparito al galoppo verso la stazione di Bologna. Raggiungerò Roma in treno!

Martedì 20 gennaio

Fare il biglietto non è stato facile. Agli sportelli c'era una fila così lunga che uno che doveva andare a Modena a un certo punto si è voltato e ha detto "be', io vado a piedi, tanto son quasi arrivato". Ho rubato un biglietto a una vecchietta svenuta, e sono balzato su un Eurostar. In due ore e mezzo dovevo essere a Roma. Purtroppo dopo pochi minuti è saltata la linea elettrica e siamo rimasti inchiodati sotto una galleria. Siamo al freddo e al buio da tre giorni, le porte sono bloccate e ogni tanto passa una hostess, ci dà un pacchetto di noccioline e ci fa pagare il supplemento-Picnic. Due manager, disperati perché il loro telefonino non riceveva più il segnale, hanno avuto un attacco isterico e da ore sbattono contro i finestrini come calabroni.

Giovedì 5 febbraio

Siamo fermi da due settimane e ogni ora una voce implacabile gracchia in quattro lingue che le ferrovie si scusano del lieve ritardo. Finalmente nella notte abbiamo sentito uno scossone, e la speranza ha invaso i nostri cuori. Purtroppo era il treno dietro che ci aveva tamponato. È notte, e nel buio risplendono solo i flash dei turisti giapponesi. Ti penso, e se dovessi morire qui, ricorda sempre due cose: a) ti ho sempre amato, b) tutto quello che sospettavi su me e Cinzia era vero. Perdonami.

Sabato 7 febbraio

Liberi! Il treno è ripartito trionfalmente ai duecentoquaranta verso Firenze. All'altezza di Prato ha subito deragliato e siamo finiti dentro la pista dell'aeroporto, fortunatamente vuota per uno sciopero degli assistenti di volo. Mi sono appollaiato su un'ala del Firenze-Napoli. Anche se quassù siamo quindici clandestini, più due cicogne, sento che ce la farò. A proposito, su Cinzia scherzavo.

Mercoledì 11 febbraio

Brutte notizie. Il nostro aereo è stato centrato da un missile durante un battaglia tra aerei Nato e Mig libici. Il comandante è riuscito ad atterrare su un grosso spiazzo. Aspettavamo almeno una navetta dall'aeroporto, ma all'Alitalia ci hanno risposto che sui radar dell'aeronautica militare non risulta alcun combattimento aereo, anzi il nostro volo non risulta mai partito. È arrivato un colonnello dei Servizi segreti, ha preso la Scatola Nera dell'aereo, l'ha maneggiata un po' e quando ce l'ha ridata conteneva la registrazione di un concerto dei Pooh. C'è nebbia fittissima e non sappiamo nemmeno dove siamo.

Giovedì 12 febbraio

La nebbia si è alzata e ora so dove siamo: nell'area di servizio di Barberino del Mugello, sulla Bologna-Firenze. Sono tornato indietro! Sull'autostrada c'è una fila di 40 chilometri, ma non c'entrano né i Tir né i Cobas. È una Fiat Cinquecento che è sbandata sul ghiaccio e si è messa di traverso in un tratto con lavori in corso. Siccome sono lavori in corso del 1892, sono considerati monumento archeologico, e l'auto può essere spostata solo dalla Sovrintendenza alle Belle Arti. Però sul posto è arrivato un ministro a dire che l'Italia è una e indivisibile, e non basterà una Fiat Cinquecento a separare Nord e Sud. Ci ha regalato un pacchetto di noccioline ed è ripartito in elicottero.

Giovedì 19 febbraio

La fila si è mossa e ho chiesto un passaggio al camionista di un Tir di polli. Poiché la sua associazione aderisce solo parzialmente allo sciopero, si comporta così: per due chilometri procede a passo d'uomo e i due chilometri dopo si lancia ai 180 seminando il panico. Viaggiavamo felicemente quando ci siamo nuovamente bloccati. C'era una manifestazione dell'ALPCA (Associazione lanciatori di pietre dai cavalcavia autostradali). Protestano perché, con tutte queste file ferme, non possono più divertirsi a centrare le auto in corsa. Ci hanno spiegato che i pomeriggi in provincia sono come la maggior parte dei film: senza auto sfasciate si muore di noia.

Sabato 21 febbraio

Purtroppo i polli che trasportavamo avevano la peste cinese, ci è venuto un febbrone a quaranta e alle porte di Roma il camionista ha perso il controllo del mezzo falciando un gruppo di manifestanti. Pensavamo che fossero Cobas degli agrumi, perché erano vestiti di giallo e di rosso. Invece erano ultrà della Roma e il nostro camion era tutto pavesato di stemmi laziali e di scritte "Romanisti bastardi". Ci hanno picchiato, ma non troppo. Ho preso un taxi verso Salerno, il tassametro scorreva più veloce di un videoclip e più misterioso di una bolletta Telecom. Ho prosciugato la carta di credito, ma sono arrivato al casello. Faccio autostop e ascolto la radio. Buone notizie: solo 60 morti nel weekend sulle strade. Cattive notizie: è crollata la Borsa di Singapore. Ma ce la faremo: l'Italia entrerà in Europa e io a Bari.

Mercoledì 25 febbraio

La fortuna finalmente mi assiste! Ho ritrovato la famiglia Rocco, che mi ha dato un passaggio dentro la sua spaziosa Prinz color salmone. Attualmente bloccati da quattro frane e da una piccola alluvione, ma domani tentiamo la traversata verso Bari. Se mi dovesse accadere qualcosa ricordati che: 1) ti ho sempre amato, ma non c'è stata solo Cinzia, ma anche Eva, Luisa e uno sherpa tibetano; 2) quando vedi in televisione una di quelle auto che corrono su strade assolate e solitarie con lo slogan "la vera libertà", per favore, spara sullo schermo.

Venerdì 27 febbraio

Affrontiamo l'autostrada deserta sulla Prinz salmonata, i bambini Rocco stanno sul tettuccio armati di fucile, in una barricata di damigiane d'olio. Procediamo tra carcasse di container, Tir svaligiati e rovine di viadotti democristiani. Tutto è abbandonato, e al posto delle colonnine del Sos ci sono degli altarini con la Madonna. Verso sera la pioggia si attenua, e vediamo uno strano chiarore lontano. Poi improvvisamente...

(Qua s'interrompe il diario di Rainer Tim. Questi fogli sono stati trovati sull'asfalto. Dello sventurato esploratore, più nessuna traccia.)

PRIMAVERA

9.

Isotta, vacca italiana

Mi chiamo Isotta e modestamente sono una Vip, Vacca Italiana Pezzata. Vivo in un allevamento modello, con filodiffusione, mungitrice automatica "California Legend" e spazzabuazza a vapore. Nel mio box siamo in sette, molto amiche come usa tra noi mucche, e insieme parliamo dei nostri sogni e del nostro futuro, perché se gli umani ci hanno messe in un posto così bello, è certo per prepararci a qualcosa di grande e piacevole.

Vi presento le mie colleghe. C'è Genziana, che non è nata qui, è una vacca di alpeggio, ci racconta con nostalgia della sua stalla senza riscaldamento a Gressoney, e di quando la mamma la portava a veder passare il treno, e quanto è buona la macedonia di margherite condita col piscione caldo. Questo scandalizza un po' Samantha, che è una mucca assai snob di razza butirrifera Jersey, si crede irresistibile e racconta che una sua bisnonna fece da modella al pittore Segantini, anche se i maligni dicono che invece posò per *Guernica* di Picasso. Ha delle tette colossali siliconate, tanto che col suo latte, invece delle mozzarelle, ci fanno palle da tennis. Quando viene il veterinario a toccarla, fa delle roteate di coda e degli sbattimenti di ciglia che ti ammali dallo spiffero. Secondo Teresa è un po' vacca. Ma Teresa è una bovina molto puritana e mistica, ascolta solo musica sacra e il suo sogno è di lavorare in un presepe. Quando il veterinario le controlla le mammelle, diventa rossa e ripete "non lo fo per piacer mio ma per far piacere a Dio". Vicino a Teresa c'è Umbertina, vacca padana assai fiera delle sue origini. Suo padre si chiamava Eridano e sua madre Luganiga, ha un marchio verde sul cosciotto e tiene nel box il poster di Borghezio.

Poi c'è Cordelia, poetessa e intellettuale, ascolta solo muuuusica classica e il suo idolo è Riccardo Muuuuuti, una volta per scherzare le abbiamo fatto sentire all'altoparlante Laura Pausini e per lo choc ha fatto settanta chili di ricotta acida. Infine c'è Palmira, giovane e progressista, invece della radio ha voluto la televisione e guarda solo Mtv e le sfilate di moda, che poi è la stessa cosa, sta inchiodata allo schermo ruminando palinsesti ventiquattro ore al giorno perché dice che è moderno capire quello che non ti piace, anche se alla fine non capisci più quello che ti piace. Ha tatuato sul filetto la scritta No Future e fuma erba medica di nascosto.

La vita nell'allevamento scorre alquanto monotona: pasto, mungitura, altro pasto, rimungitura, non spengono mai le luci così dormiamo di meno e produciamo più latte. Gli unici nostri divertimenti sono i pettegolezzi e le gare di buazze. Cioè ci sfidiamo a chi fa la buazza più grossa e rotonda: io modestamente faccio delle robe che mi chiamano Giotto, ma la più brava è Genziana, una volta ne ha fatta una che sembrava un personaggio di *Guerre stellari*, ogni notte nel silenzio si sente plof, ploffete, poi si misura, e chi ha fatto la merda più grossa vince. Questo gioco, su indicazione di Palmira, lo abbiamo chiamato "Auditel".

E così il tempo scorre placido, fino al brutto giorno in cui arrivano gli inservienti e portano via Genziana. Che bello, dice lei, tornerò a casa, riavrò il mio campanaccio. Arrotola il poster del Monte Rosa, e ci saluta contenta. Invece Palmira, che ha appena guardato il telegiornale, ci spiega che Genziana è spacciata. Siccome è per metà di sangue francese, si sospetta che possa essere portatrice di un morbo che si chiama encefalite spongiforme, e perciò verrà abbattuta. Ma io non ci credo. Tre giorni dopo, ci cambiano pastone, ci danno una roba con un sapore strano, che mi sembra di conoscere. Palmira, che ha imparato a leggere dal videotel e a parlare da Biscardi, dice che secondo lei c'è qualcosa di anomalico che non vassi in quel cibbo e sarebbi meglio che controllessimo il sacco dal di quale proviene. Infatti lo troviamo e c'è scritto: "mangime contenente soia transgenica, moltiplicatori della lattazione, antibiotici e proteine di origine animale". Ecco cos'era quel sapore, era piscione! Ci hanno dato da mangiare i resti di Genziana! Io vomito tutta notte, Teresa ha un incubo tremendo nel quale viene munta da Michele Cucuzza, Cordelia ci invita a riflettere sulla caducità della vita bovina e compone la seguente poesia:

Cos'è la vita infine?
Oggi siam qui, domani scaloppine.

Ma il peggio deve ancora venire. Portano via Umbertina, e tremiamo per la sua sorte. Invece torna, tutta strana. Dice che è stata scelta per un corteo padano, l'hanno dipinta di verde e portata in città, ha dato la coda a Bossi e sente che la sua vita non sarà più la stessa. Mi chiede da dove vengo e le rispondo che sono toscana. La sento sibilare "terrona", e appartarsi. Durante la notte comincia a tremare e a urlare "Un impegno concreto! Aiutare chi sta dietro". Noi non capiamo se ha male alla coda o allude ai vitelli che stanno dietro al nostro box ma quelli stanno benissimo, anzi ci gridano: "basta far casino, dormite, brutte vacche". Questi giovani!

Il giorno dopo Genziana peggiora, comincia a dire che il suo latte non deve finire nelle scamorze del Sud improduttivo, e quando viene il veterinario che è siciliano, aspetta che sia a tiro e poi lo scalcia, la portano via con la bava alla bocca, irriconoscibile, mentre lancia oscure minacce alla magistratura e agli gnu africani. Palmira ci informa sulla gravità della situazione. Dice che c'è un'epidemia detta "mucca pazza". Gli umani ci hanno contagiato col mangime cannibale e adesso noi contagiamo gli umani. Capito che ipocriti, non chiamano il morbo "allevatore pazzo", o "commerciante di mangimi stronzo", danno la colpa a noi! Come se gli umani non ingurgitassero ogni giorno alimenti avvelenati da loro: cibi transgenici, formaggi al polistirolo, vino all'antigelo, frutta al pesticida, pesce al mercurio, cavoli all'uranio impoverito. E le pazze saremmo noi? Mi arrabbio tanto che comincio a tremare e bisogna che mi calmi se no portan via anche me. Per fortuna arriva una buona notizia. Samantha è stata scelta per la monta, cioè conoscerà biblicamente un bellissimo toro. È tutta eccitata, le acconciamo la coda con le treccine rasta e le lustriamo le corna col Sidol, è bellissima quando la portano via, come la invidiamo! Ma ritorna appena due ore dopo, depressa. Racconta che le hanno messo delle grosse giarrettiere, poi è entrato il promesso sposo. Era un bellissimo toro spagnolo, Alonzo Miguel de Miura y Bocadillo, con muscoli da palestrato e un piercing sul naso. Ma non l'ha neanche potuto avvicinare, erano separati da uno steccato. Appena lui si è eccitato, gli hanno messo davanti una mucca di legno che all'interno aveva un inserviente con la provetta in mano. Alonzo ha trombato la similmucca e tutto il seme l'han tenuto per la fecondazione artificiale.

Samantha ha muggito di dolore tutta notte, abbiamo cercato di consolarla dicendo che avremmo protestato in Vaticano, Palmira poco psicologa le ha regalato un poster di una corrida e tutto è precipitato. La mattina Palmira mi sveglia dicendo che c'è Samantha che balla il flamenco, ma non era flamenco, era il tremito del morbo, e poi la poverina ha cominciato a muggire "Alonzo Alonzo amore mio vengo da te", è stramazzata e l'han portata via. E tre. Poi è toccato a Cordelia. I segni della pazzia sono stati subito evidenti. Ci siamo accorti che non ascoltava più Muti ma Marilyn Manson, ha rotto a calci la mungitrice automatica e ha iniziato a concionare: "Meglio morta che prigioniera, bovini bufalidi e bisonti, ribellatevi, cavie rompete i labirinti, ostriche mordete gli chef, morte a Buffalo Bill e alle pelliccerie". Poi ha sfondato la barriera del box e si è lanciata in strada, caricando un Tir che trasportava suini. Il Tir è uscito di strada, i maiali hanno conquistato la libertà, e Cordelia ha trovato un'eroica morte.

Così siamo rimaste in tre, ognuna spiando l'altra per paura del contagio. Teresa ci ha detto: confidiamo nel Signore. E il Signore sembra averla esaudita: è stata scelta per fare la parte del bue nel presepe vivente. L'hanno lavata e strigliata, ma già barcollava e spetazzava, le è venuto un alito che sembrava una cloaca, appena ha soffiato sul Bambin Gesù quello è svenuto, hanno portato via anche lei. Requiescat in pace.

Ora siamo qui, io e Palmira, da sole, la filodiffusione diffonde Blu Muuuuuuuuuun, la mia canzone preferita, ma non ho voglia di cantare. Palmira mi guarda e dice: "Dobbiamo fuggire da qui, cambiare lavoro e diventare ricche, fuori c'e la new economy, la transgenetica, internet, un futuro radioso per noi quadrupedi. Guardando la televisione ho avuto una grande idea. Prendiamo dieci vitellini ambosessi, li proviniamo, li scegliamo bellini, fighetti e non troppo vivaci, che non esprimano critiche al sistema caseario. Facciamo un battage pubblicitario mai visto. Li chiudiamo in un allevamento modello tre mesi e poi riprendiamo tutte le stronzate che dicono, le ruminate, le buazze in diretta e vedrai che milioni di persone lo guarderanno, i giornali scriveranno fiumi di inchiostro e avremo fatto una vippicultura, i vitellini giovani diventeranno in breve tempo Vip adulti e noi li venderemo e faremo i soldi. Che te ne pare?". Alla luce del neon, il suo muso trema, gli occhi brillano di una luce disumana e disbovina. Poverina, è diventata pazza! Ma come può pensare che gli umani siano tanto scemi da interessarsi a una roba così? Povera Palmira, anche tu, amica mia!

10.
Cara Melissa

Cara Melissa, quando riceverai queste righe te ne prego, vienimi in aiuto senza perdere tempo e senza spaventarti della straordinarietà della situazione. So bene che da tre giorni non hai notizie di me. Ci sono molti messaggi a tuo nome sulla mia e-mail, ma non li apro perché stanno girando terribili virus con nomi di donna. Non potrei comunque risponderti perché il mio computer è infettato.

Tre giorni fa ho ricevuto un messaggio a nome Amato@recycled, e incautamente l'ho aperto. Conteneva il primo discorso programmatico del premier. Ho subito capito che un terribile virus aveva sconvolto ogni forma di coerenza, linearità e senso. Solo dopo un accurato controllo ho scoperto che si trattava proprio del discorso vero. Subito dopo ho aperto il primo messaggio del giorno con l'affascinante nome di Amanita: il mio computer ha iniziato a arroventarsi e le chiocciole sono scappate come topi dalla nave. Anche i files hanno cominciato a svanire nel nulla, come i conti all'estero Fininvest, o l'antifascismo di Bossi. Poi sullo schermo è apparsa la scritta "è una persecuzione dei giudici" che indica l'ultimo livello di intelligenza virtuale.

Tutti i miei programmi sono saltati: le agende, il sistema per giocare al superenalotto, l'elenco della Pidue, le foto di stronzi giganti che simpaticamente ci scambiamo tra noi amici, il sito su Pamela Anderson di mio figlio e i videogiochi che ho rubato al capufficio. In quanto alle nostre lettere d'amore, non sono andate perse, potrai leggerne una scelta su "Eva Express" di questa settimana. Ho subito tentato di contattare il mio fornitore di antivirus, ma ho trovato una segreteria che diceva "per risposte e consulenze, prego fornire il numero di carta di credito". Ho capito troppo tardi che anche il centro antivirus era infettato. In tre giorni con la mia card qualcuno mi ha fatto acquistare un impianto skilift nel centro di Foggia e duecento Duna usate. Inoltre mi è arrivato un conto per "prestazioni speciali" da una certa signora Crudelia Frustami e davanti a casa mia sono state scaricate sedicimila bottiglie di acqua minerale.

A questo punto ho cercato di chiamarti, ma purtroppo nella fretta ho attivato il blocco di sicurezza del cellulare e il codice Pin che lo sblocca è contenuto nella cassaforte la cui combinazione è nell'agenda persa dentro al computer. Sono corso in garage per venire da te in auto ma proprio ieri avevo smarrito il codice che sblocca l'antifurto con allarme, e il numero del codice di riserva ce l'ho nella giacca dentro l'auto. Non potevo uscire dal garage perché anche il comando di apertura a distanza è dentro l'auto, e neanche dalla porta principale perché è chiusa dall'allarme con password che cambia ogni giorno e che tenevo in un'agenda tascabile che purtroppo è finita in lavatrice.

Sono uscito dalla finestra ma sono stato subito assalito da Storace, il mio cane rottweiler, che mi riconosce solo se gli urlo una parola-chiave insegnata dall'istruttore, parola che purtroppo non ricordavo e che conservo nell'agenda del telefonino bloccato. Dopo una dura lotta e coi pantaloni a brandelli, sono riuscito a raggiungere la strada e a fermare un taxi, ma mi sono accorto che non avevo soldi perché li avevo lasciati nella valigetta Personal la cui combinazione è contenuta nel computer. Per fortuna avevo il bancomat, ma una volta arrivato davanti allo sportello non mi sono ricordato la combinazione che è quella dell'allarme dell'auto alla rovescia.

Dietro di me si è formata una fila di cinquanta persone furenti, ho provato a digitare tre volte, poi il bancomat mi ha mangiato la carta e, che tu ci creda o no, mi ha anche portato via il cappello. A quel punto, non potendo usare la carta di credito impazzita, ho pensato di rientrare in casa e scassinare il salvadanaio di mio figlio, ho lottato a lungo con Storace e sono rientrato dalla finestra ma in questo modo ho fatto suonare l'allarme e non sono più riuscito a fermarlo perché il codice blocca-allarme era segnato sul retro della tessera bancomat che mi era appena stata mangiata. Le porte blindate si sono chiuse ermeticamente ed è scattato il sistema antincendio, l'acqua ha cominciato a salire. Ho cercato di chiudere l'acqua ma la chiave del contatore era dentro la valigetta ventiquattrore.

Sono tornato al computer, che ormai era distrutto dal virus e sparava starnuti equini, le ho provate tutte per riattivarlo, anche una tachipirina infilata nel floppy disc, ma l'unico risultato è stato che ho scoperto un file segreto con le tue lettere a quel bagnino di Riccione (poi faremo i conti). Il salvadanaio di mio figlio era chiuso e si apriva soltanto digitando novanta nomi di Pokémon. Allora mi è venuta una grande idea: sono salito sul tetto e ho provato a fare dei segnali di fumo ma è venuto a piovere e per la pioggia è saltato anche il cancello blindato e il codice per riaprirlo era nel computer, nel file criptato con le nostre polaroid porno vestiti da puffi. Esasperato, sono uscito in giardino gridando cancheri a Internet e Bill Gates e al Nasdaq, e Storace mi è venuto incontro leccandomi, perché "Nasdaq" era la parola di riconoscimento.

Perciò cara ti prego: Quando riceverai questa lettera scritta col sangue (le biro sono tutte nella ventiquattrore e l'inchiostro della stampante non ho potuto usarlo perché anche la stampante era contagiata e vomitava foto di D'Antoni), quando, ripeto, riceverai questa lettera che ho legato al collare di Storace, corri subito a casa mia con una ruspa, sfonda il cancello blindato, abbatti il portone e sta' attenta alla valanga d'acqua che uscirà, io sono in cima all'armadio da due giorni che mi cibo soltanto di pane congelato e pollo crudo, perché anche il microonde parte solo con un codice, l'ho inserito quando ero a dieta. Porta anche le medicine, un piede di porco e soldi.

Ti prego però di urlare la parola di riconoscimento, perché da alcune notti sciacalli e saccheggiatori circondano la casa cercando di entrare. La parola di riconoscimento è il titolo della nostra canzone, che non ti scrivo, nel caso Storace cadesse nelle mani di malintenzionati, ma è la canzone che ho messo come salvaschermo nel tuo computer. Se anche tu sei sotto attacco virale, allora siamo perduti. È triste, in tempi di new economy, fare una morte così preistorica. È triste pensare che forse i missili del Pentagono sono in comproprietà tra Bill Clinton e un hacker di Manila. Ma il progresso vuole le sue vittime. Ti lascio, ho finito il sangue.

Per finire, tre postscriptum: 1) nel caso ti interessasse, dopo l'impazzimento della mia carta di credito, l'intero mio conto in banca è ora proprietà di un venditore di meloni indonesiano. Mi amerai anche adesso che sono povero. O no? 2) Probabilmente Storace, quando ti vedrà, continuerà a leccarti per ore. Infatti "Nasdaq" è la parola che lo rende espansivo, ma non ricordo la parola che lo fa smettere. 3) Naturalmente, I love you.

11.
I sette gnomi di Zurigo

In mezzo a un bosco, vivevano i sette gnomi di Zurigo. Erano i più ricchi e abili speculatori delle borse mondiali, ma erano rimasti persone semplici. La loro casetta era di sole centonovanta stanze, tutta circondata da cerbiatti e coniglietti, alcuni vivi, altri penzolanti dal reticolato a duemila volt. Nella sala delle riunioni prese la parola l'autorevole Dotto. Era laureato in aggiotaggio a Harvard e aveva studiato scienza della liquidazione con Romiti. Anche Wall Street temeva le sue previsioni.

– Fratelli gnomi – disse – il momento è difficile. Il mercato è impazzito ed è sotto quello che noi chiamiamo l'effetto Clinton, cioè va a tiramenti e non si sa mai se quello che dice è vero. Perciò dobbiamo elaborare nuove strategie di investimento.

– Io ho un'idea – disse Eolo, tirò una riga di coca e esplose in uno starnuto. – Questo è il momento di investire sul mercato della droga. L'economia sudamericana è debole, e si possono comprare tonnellate di roba a prezzi stracciati. Basta scegliere un socio onesto e affidabile, la mafia italiana, la triade cinese, le nuove mafie russe. E si stanno aprendo nuovi settori di vendita. Ci sono al mondo duecento milioni di giocatori di calcio. Se li convinciamo che la cocaina fa lo stesso effetto della creatina, siamo ricchi.

– Zitto, drogato di merda – disse il mite Mammolo. – Il mercato migliore resta il Giappone. Sono in crisi momentanea, ma presto faranno uscire le ultime generazioni, cioè le invenzioni che non entrano sul mercato finché non è stata venduta la generazione precedente. Auto ecologiche con l'airbag di paglia, computer che convincono a comprare un altro computer, telecamere intelligenti che si addormentano durante il dibattito. E poi videogiochi portatili interattivi dove ti sparano veramente addosso, basta che li prendi sotto braccio e vai nel centro di una qualsiasi città italiana. E il gioco "il piccolo genetista", dove puoi clonare i tuoi gattini o fare un ibrido tra il nonno e un bassethound e vedere se vien fuori Cuccia. Il futuro è a oriente.

– Certamente scemo – disse Pisolo – ma non in Giappone, bensì in Cina. È l'unico paese che ha già risolto il problema delle trentacinque ore, infatti le fanno ogni tre giorni. Sono riusciti a spuntarla contro il Fiume Giallo, che in caso di alluvione è quasi più disastroso della Regione Campania. Sono loro il mercato del futuro. Ad esempio, non hanno le carte da gioco da infilare nelle ruote della bicicletta per fare il rumore del motorino. Lanciamo la moda, un bello spot con la Claudia Schiffer e Pantani, ed ecco che tutti i cinesi vorranno la bicicletta col frullo, è un affare di miliardi.

– Cretino passatista, altro che biciclette, lì stanno fabbricando grattacieli – lo interruppe Cucciolo, il rampante della famiglia, ventidue anni e già diciotto avvisi di garanzia. – In tempi di recessione bisogna rischiare, perciò il mercato migliore è l'Italia. Lì non si sa mai cosa succederà il giorno dopo. Ogni giorno c'è una modifica alla finanziaria, una smentita sulle tasse, un coito interrotto sulla giustizia.

– No, giovane scriteriato, l'Italia è troppo rischiosa – disse il gaio Gongolo, che sembrava un incrocio tra Prodi e Magalli – il futuro è a Est. Infatti tutte le aziende italiane si sono buttate in Romania, in Ungheria e in Russia. La maglieria, i pezzi di ricambio, i film porno, là tutto si fa con meno. Se vorranno mangiare, i russi dovranno rilanciare il settore portante della loro economia alimentare, e cioè l'orto privato. Zappe, concimi, semi di cetriolo, ecco dove investire. Lanciare nuovi ibridi, come il pomodoro San Marzano con pelliccia per climi freddi. Ci uniremo a Berezovsky, il Berlusconsky russo: proprio come Silvio non sopporta che gli chiedano come ha fatto i soldi ed è pieno di televisioni. La differenza è che lui i comunisti ce li ha intorno davvero.

– Gentile collega, mi consenta di dissentire – disse l'elegante e garbato Brontolo, laureato in money recycling alla Bocconi. – Il mercato migliore resta quello delle armi. Negli ultimi anni non ci ha mai tradito. Dobbiamo solo superare la diffidenza della gente. In America si possono già comprare i mitra al supermarket, ma presto potrebbe accadere ovunque. Io sogno mercatini di pistole tipiche nelle sagre, il Salone del Missile Marino a Genova, la Fiera dell'esplosivo a Piedigrotta, la pistola da borsetta di Trussardi, e le televendite in diretta, con l'annunciatore che dice: "E ora che abbiamo ascoltato queste brutte storie di violenza il nostro sponsor ci dirà come proteggere la nostra casa col mortaio salvavita, così semplice che può spararci anche un bambino".

– Siete un branco di piccoli idioti – li interruppe una voce femminile. Sulla soglia apparve una donna col viso angelico e un caschetto di capelli neri. – Il futuro finanziario è dei McDonald's. Ogni sei ore nasce un nuovo McDonald's, si vendono duecento hamburger ogni sei pizze. Il Mac è la vera globalizzazione mondiale, la Madre di tutti i succhi gastrici, l'affare che divorerà tutti gli affari. Il ketchup è il sangue di ogni recessione alimentare. Ho investito tutto il nostro capitale in azioni McDonald's.

– Sei grande Biancaneve – disse Dotto – sei meglio di Marina Salamon, della moglie di Dini, di Donatella Versace, sei una genia della finanza, sei...

– Zitto, microbo. E andate subito a preparare i costumi per le foto. Da domani in ogni McDonald's mondiale, insieme all'hamburger, verranno regalati sette pupazzi di nanetti con le vostre fattezze, più una Barbie Biancaneve gonfiabile.

– Ma costerà una cifra – disse Cucciolo.

– Risparmieremo altrove. Negli hamburger non ci sarà più la fetta di carne, ma un gratta e vinci profumato all'aglio. La gente si abituerà. E adesso andate a lavorare e cantate la canzoncina, ultimamente le vendite dei dischi sono in ribasso. Forza, scattare!

– Sei una vera strega Biancaneve – sibilò Dotto, che si prese un rasoterra nel sedere e andò a mettersi in fila con gli altri.

12.
Il dottor Sghetto

SCENA: l'ufficio strategico dell'Ulivo. È in corso una democratica riunione tra i dirigenti e alcuni simpatizzanti di base, riconoscibili dal cilicio.

VELTRONI (ai presenti):

– Cari amici, vi presento il dottor Sghetto dell'istituto Miracles, specialista in sondaggi, cambi di look, marketing e rottamazione di trombati. Sarà lui a gestire la campagna elettorale e a guidare il nostro candidato verso una radiosa vittoria. Domande?

SIMPATIZZANTE UNO – Lei sa che l'Onu ha tenuto segreto un rapporto sulla catastrofe climatica. Perché? Chi protegge? Qual è la proposta dell'Ulivo sui rischi dell'ambiente, cosa farà per prevenire le alluvioni, gli incendi, i terremoti, l'inquinamento?

SGHETTO – Piano, piano. Non è la fine del mondo. Anzi, secondo i nostri sondaggi la fine del mondo è solo al sedicesimo posto tra le paure degli italiani, dopo gli scippi, gli albanesi, la zanzara tigre, la rottura del telecomando e la rigatura dell'auto. Bisogna tranquillizzarli. In questo senso Amato è più rassicurante per i mesi invernali, ben coperto con una sciarpa suscita un gradevole "effetto nonnina". Rutelli è più adatto per le catastrofi estive, lo vedo bene mentre corre in calzoncini corti sul luogo del disastro.

SIMPA DUE – Sì, ma cosa state preparando? Leggi nuove sul dissesto del territorio? Piani di ricostruzione per i terremotati? Più Canadair, utilizzo dell'esercito, ristrutturazione del servizio antincendi?

SGHETTO – In caso di alluvione bisogna prendere i seguenti provvedimenti: a) Assicurarsi che venga usato il titolo: "Una tragedia evitabile", perché se fosse inevitabile penserebbero tutti che c'è sotto qualcosa. b) Mandare in onda un'intervista con un geologo, magari due, poiché la geologia, da scienza preventiva, è ormai ridotta a scienza commemorativa. c) Recarsi sul luogo dell'incidente e polemizzare sui soccorsi con regione, provincia, protezione civile e guardie svizzere. d) Sospendere per un giorno Miss Italia. e) Comprare un badile. f) Aspettare che tutto passi e rassicurare il paese. In questo senso, suggerirei per Amato un look lupo di mare, cerata gialla con cappuccio che dà l'idea dell'uomo navigato, per Rutelli una canottiera da bagnino tipo Baywatch. Non sarebbe male organizzare un Festivalbar o un concerto rock-anfibio sul luogo dell'alluvione.

VELTRONI – Buona idea. Ma per gli incendi?

SGHETTO – Bisogna subito abolire i Canadair. Così nessuno potrà più dire che i Canadair andavano impiegati in un posto invece che in un altro, oppure che sono insufficienti. Poi sarebbe astuto pagare in anticipo, all'inizio dell'estate, le ditte mafiose appaltatrici dei rimboschimenti, così non appiccano il fuoco. Terzo, rimboschire con alberi finti di cartone, che possono bruciare senza danno. Ma il problema è ancora il look. Amato potrebbe arrivare in elicottero e calarsi sul teatro dell'incendio appeso a una corda, magari pisciando in segno di buona volontà. Rutelli invece potrebbe entrare in scena spaccando una vetrata, come nel film *Inferno di cristallo*...

SIMPA TRE – Mi sembra che ci stiamo allontanando dai problemi. Tra poco tornerà l'inverno. Nuove epidemie di influenza, nuove virosi misteriose, allergie, inquinamento, aria irrespirabile. Abbiamo un piano per l'emergenza ospedaliera, per la ricerca medica, per l'assistenza agli anziani?

SGHETTO – Anzitutto in tempi di clonazione, di trapianto del cervello e di prodigi genetici, non possiamo perdere tempo con l'influenza. È vero, i virus sono di più e più complessi, ma la vita si allunga. Nel futuro l'uomo vivrà centoventi anni e ne passerà sessanta a letto con la febbre. Ma le industrie farmaceutiche devono pur guadagnare e i vaccini sono insicuri. Perciò lanceremo un nuovo virus, che si chiamerà Nccc.

VELTRONI – Sarebbe?

SGHETTO – Il virus Non Ci Capiamo un Cazzo. I medici, intervistati, diranno che i virus di quest' anno sono del tutto misteriosi e quindi l'unica soluzione è come sempre mettersi a letto e aspettare la guarigione o la morte. Stiamo già preparando uno spot che mostra Amato in camice bianco, clistere in mano e lo slogan "Votami e ti sentirai liberato". E un altro con Rutelli che fa footing nel traffico di Roma e tossendo sospira: "Ama la tua città, impara a respirare lo smog". I nostri sondaggi hanno infatti appurato che il luogo dove più ci si lamenta dell'inquinamento da benzene è l'interno di un'auto che sgasa ferma in un ingorgo.

SIMPA QUATTRO – Non è un futuro roseo. E sulla disoccupazione?

SGHETTO – Aumenteremo del seicento per cento l'informazione su Borsa e Finanza. Questo aiuterà grandemente i meno abbienti. Già adesso con quattro inserti di quotidiano si può ottenere un comodo materasso per i senzacasa. In secondo luogo, chi è disoccupato si sentirà così fuori moda da non avere più il coraggio di parlare del suo caso. Poi organizzeremo dibattiti su dibattiti, per tenere occupata l'attenzione del disoccupato. Amato intervistato da Biagi, Rutelli intervistato da Costanzo, Mastella intervistato da Vespa. La somma di queste noie darà al paese un benefico sopore, una narcosi sostitutiva dell'appetito.

SIMPA CINQUE – E Berlusconi? Lui vive in campagna elettorale da trent'anni. Sta impestando di cartelloni pubblicitari l'Italia, è il francobollo del paesaggio italico. Sta cercando di convincere gli italiani che un po' di fascismo è un dovere morale. Avremo il coraggio di combattere davvero questo spacciatore di democrazia avariata, o cercheremo ancora di assomigliargli?

SGHETTO – Sul piano della promotion Silvio ci ha insegnato tutto, la Rai copia Mediaset e i nostri show alternativi sono uguali alle sue azzurrate. Per batterlo dobbiamo essere più berluscoidi di lui. Amato ha la sua stessa statura, se gli rasiamo i capelli e lo facciamo sorridere con un sistema di ganci dietro l'orecchio, è un Similsilvio perfetto, il cromosoma craxiano non mente. Rutelli invece si ispirerà alla televisione e alla pubblicità, deve essere un mix di Cucuzza e Frizzi, con un tocco di Uomo-che-non-deve-chiedere-mai-ma-qualche-volta-decide-sua-moglie. Un po' Clinton un po' Totti. Vinceremo sicuramente!

SIMPA UNO – E la scuola?

SGHETTO – Zainetti sponsorizzati dell'Ulivo con Amato-Pokémon e un gadget di D'Antoni con la scritta: "Se non studi, puoi diventare come me". Terrificante! E poi nuovi criteri di valutazione basati sul peso dei libri che lo studente riesce a portare sulle spalle. Lezioni di new economy per acquistare la merenda via Internet, rilancio di Manzoni e ritorno alla proiezione di *Marcellino pane e vino*. Il centro si conquista anche culturalmente.

ISCRITTO DUE – E sul razzismo? Sugli extracomunitari? Sulla microcriminalità?

SGHETTO – Seguiremo la linea Haider, che è molto più moderato di Bossi e Fini. Diremo così: gli extracomunitari non sono alla moda. Solo un Vip su trentamila è africano. Organizzeremo squadre antiscippi democratiche, niente taglio delle mani. Ma soprattutto, ci vorrà una campagna televisiva aggressiva. Amato come il sindaco di New York Giuliani, piccolo e tosto, tolleranza zero, sigaretta in bocca, mitra a tracolla. Oppure Rutelli su un cavallo bianco, vestito da sceriffo, che col lazo cattura un sioux di Tirana.

SIMPA TRE – Ma questo non toglierà spazio ai programmi? Con questo dualismo tra candidati, non stancheremo un elettorato che già vota col fiatone?

SGHETTO – È vero, esitare tra due candidati è rischioso. Quindi la soluzione è una sola. Un terzo candidato. Potete scegliere tra Veltroni, Bassolino, Castagnetti oppure una rockstar come Springsteen o Wojtyla.

D'ALEMA – E io niente?

SGHETTO – Lei non ha bisogno di un nuovo look, ha bisogno di un carrozzaio.

SIMPA QUATTRO – Quante complicazioni: e se io non vi voto?

SGHETTO – Nessun problema. Noi della Miracles cambiamo il dato previsionale del sondaggio e facciamo una nuova ricerca per capire perché lei non ci ha votato. Comunque vada, il mio istituto ci guadagna sempre.

SIMPA CINQUE – Insomma, stiamo ancora aspettando il programma del centrosinistra, mentre Berlusconi il suo l'ha già illustrato: tutti ricchi e sopra le leggi come lui. Per battere questo Polo, noi dovremo essere chiarissimi su tutto. Ammettere gli errori, aprire tutti i dossier, smetterla con le tribune Video Vip e tornare a far assemblee in tutte le città, e poi presentare un piano ambientale, un piano sul traffico, un piano contro il ricatto petrolifero, un censimento dei problemi ospedalieri, un piano per la casa...

VELTRONI – E il cinema? E i festival? E il posto di lavoro della Melandri?

SIMPA CINQUE (gridando) – Basta, io non voglio sapere chi voto, ma quali idee voto.

SGHETTO – Bellissimo slogan, ma perdente. Sono le cifre che contano. Con Amato abbiamo il 25% dei voti. Con Rutelli il 34%.

VELTRONI – Un momento. Con la lucidità che mi contraddistingue ho appena avuto un'idea che risolverà tutti i nostri problemi.

TUTTI – Quale?

VELTRONI – Candidiamoli tutti e due, così abbiamo il cinquantanove.

I simpatizzanti escono piangendo. D'Alema estrae di tasca una mousse al tartufo di Vissani e la ingoia come una pillola. Il dottor Sghetto smanetta su un computer. La riunione è andata male. Una tragedia evitabile?

13.

Chi salva i ragazzini dal mondo?

Il mondo contemporaneo, pur governato da ex-bambini, non ama i bambini ma si accanisce nel maltrattarli, sfruttarli e ucciderli. Questa sorprendente scoperta ha destato i regnanti dal loro sonno. Scoperta perlomeno sospetta e tardiva, visto che è impossibile nascondere il commercio di duecentocinquanta milioni di videocassette porno. Ma lo shock mediatico ha risvegliato negli italiani un'indignazione che potrebbe durare più dei tre giorni abituali. Ecco alcune delle lettere ricevute.

Cari redattori, bravi, bravi. Ho letto i vostri articoli e se non avessi avuto il mascara fresco, avrei pianto. Sono madre di due bellissimi figli e so cosa vuole dire essere in pena per loro. Ieri ero tanto turbata dalle immagini dei pedofili che ho fatto sei elemosine in cento metri di shopping e mi sono sentita meglio. Il problema è che nella società moderna i bambini sono abbandonati a se stessi. I miei tesori, Giampiero e Maria Luisa (oppure Piermario e Annalisa, mi confondo sempre), non sono mai soli. Lunedì e giovedì vanno a lezione di equitazione, martedì e venerdì Giampiero frequenta karate, Maria Luisa va a danza classica, mercoledì viene l'insegnante di tedesco, il sabato vanno in campagna dai nonni e domenica che per me e mio marito è l'unico giorno libero, li lasciamo con la baby sitter. Certo mi piacerebbe vederli di più, ma sono tanto impegnata. Il mese scorso sono andata a prenderli a scuola a mezzanotte, ma erano già usciti, quei dispettosi, però tutte le mattine ci parliamo attraverso la porta del bagno. Inoltre hanno tutti e due il telefonino e se hanno bisogno possono chiamare i nonni o la questura. È proprio vero, non bisogna mai abbandonare i bambini, e io non so come fanno quei genitori poveri a lasciarli tutto il giorno da soli, per forza poi che succede qualcosa di brutto, sono proprio mamme senza cuore e ora vi lascio perché è entrato un amico di Giampiero che chiede se può mangiare qui, e io gli dico che però Giampiero non è ancora tornato, e lui dice "mamma, Giampiero sono io". Che sorpresa, ma quanto è cresciuto! È bello vedere i propri figli crescere bene...

Cara "Repubblica", sono un imprenditore del Nord e sono molto incazzato con quei bastardi di slavi che stuprano i nostri bambini. Quest'anno sono stato a Bangkok con un amico e ce la siamo spassata con delle ragazzine locali un po' giovani, ma si sa che nel terzo mondo dieci anni valgono trenta dei nostri. Ho portato qualche foto a casa e adesso mia moglie dice di vergognarmi, che sono un orco anch'io. Come se fosse possibile il paragone! Da una parte un uomo sano sposato ariano che si diverte un po' con delle bambine e deve anche pagare, dall'altra parte dei pezzenti depravati cibernetici che ci guadagnano. È giusto proteggere i nostri ragazzini, mica gli accattoni zingari e musulmani che vanno in giro per la città a rubare, a quelli se gli succede qualcosa gli sta solo bene. Io sono d'accordo con Biffi, un arcimprenditore vecchio stampo, attento alla salvezza delle anime ma anche alla rendita degli immobili. Lui è giustamente preoccupato che gli sceicchi arabi entrino in concorrenza con gli investimenti patrimoniali della Chiesa. Ha ragione, via gli infedeli corruttori, ognuno al suo paese! Parto domani per la Thailandia. Continuate nella vostra sacrosanta battaglia, e se volete delle foto un po' particolari, scrivete pure al mio indirizzo.

Cari redattori, sono un padre moderno e progressista. Giusto, giustissimo denunciare la violenza dei pedofili e soprattutto mettere in guardia i ragazzini. Io, prima che escano di casa, picchio sempre i miei tre figli, perché voglio insegnare loro a difendersi. I due piccoli le prendono e basta, ma il grande sa già reagire e ieri mi ha morso un ginocchio. La mamma non capisce che è per il loro bene, li difende e mi tocca di riempirla di sberle, lei e la suocera che si mette in mezzo, e ieri ho ammazzato di botte un vicino stronzo che sente le urla e dice che disturbo. Capito quanto è insensibile la gente nei confronti delle violenze ai minori? Allego, per i bambini poveri del Ruandistan un pacco di solidarietà "missione Arcobaleno". Dieci yogurt scaduti, una ricotta semovente e una confezione di bende e cerotti (chissà perché, mia moglie ne ha sempre una di scorta...).

Cari amici, sono un signore che si occupa di volontariato. Lodevole lo sdegno del paese, anche se da tempo ci sono associazioni che denunciano quotidianamente maltrattamenti a minori e non solo da parte di pedofili. I dati erano a disposizione di tutti: in tre anni seicento bambini scomparsi nel nulla. Ventimila ospiti (di cui quattromila disabili) in orfanotrofi e case alloggio, che sperano in un affido nonostante il parere contrario di Bossi. Dieci denunce per violenze a minori ogni giorno. Ci accorgiamo della guerra ai bambini solo quando sono vittime. Se no restano piccoli consumatori da farcire di gadget, pubblicità e merendine salva-balene. E non basta più esibire foto di negretti morenti: è necessario mettere sotto ogni foto una didascalia precisa che ci informi di che etnia sono, chi li ha ridotti così, cosa si può ancora fare per loro. Non solo col rattoppo della beneficenza, ma cercando di fermare il crimine economico o bellico che li ha colpiti e ancora li colpirà. Bisogna difenderli dai pedofili ma anche dall'aria irrespirabile, dalle nuove epidemie, dalle botte legali, dagli orfanotrofi e dalle carceri ghetto, dallo sfruttamento lavorativo. Nel nostro paese fortunato e ricco non hanno solo bisogno di sicurezza e supermercati, ma anche di spazi, di varietà culturale e di rispetto, mentre la fessofilia nazionale li vuole pecoroni e fighetti da Festivalbar o da zoo televisivo. La radiosa economia globale non contempla la felicità, la salute e forse neanche la vita dei bambini come obiettivo primario. Ma c'è tanta gente che combatte per questo. Un modesto consiglio. Invece di dare soldi a Pavarotti o a Telefono Azzurro, che li hanno già, dateli ad associazioni che con altrettanta serietà, minore protezione mediatica e fondi ridottissimi, operano in questo settore. Ve ne segnalo alcune. Il progetto Aurora, centro per i bambini scomparsi e sessualmente abusati, che, nel disinteresse delle istituzioni, ha lavorato con trenta milioni di sovvenzioni in tre anni. L'Associazione Accanto, per l'assistenza a bambini sieropositivi in Italia e in Africa. Nova, che si occupa di adozioni internazionali. Arciragazzi, sostegno e recupero dei minori in carcere. E poi il Gruppo Abele e la comunità di Capodarco. Non fate beneficenza solo a quello che vedete in televisione. Cercate e informatevi nella vostra città, nel vostro quartiere. Siate buoni manager: differenziate il vostro investimento in solidarietà.

Imbelli redattori, sono un generale della Nato, padre di tre figli e di seimila marines. Mi meraviglio di voi. Una cosa è denunciare i pedofili stupratori, un'altra cosa difendere a oltranza i marmocchi civili. Come dico sempre alle reclute quando si lamentano di qualche scherzaccio dei vecchi commilitoni, la gerarchia esiste. La guerra moderna ad esempio, non prevede che i bambini abbiano un trattamento diverso. Negli ultimi bombardamenti intelligenti ne abbiamo fatti fuori a centinaia, perché, come spiego spesso nei briefing, dall'alto di un aereo non puoi vedere l'età di una persona. A dieci anni, come succede in Africa in Palestina o nel Bronx, un bambino può essere un pericoloso guerrigliero. Del resto, la guerra comporta inevitabilmente il sacrificio di qualche "yat", young accidental target, come lo chiamiamo noi in gergo. Non facciamo video pornobellici. Nei nostri filmati si vedono solo delicate e vaporose esplosioni, e non mostriamo mai i cadaveri. Se poi qualche soldato serbo o sergente Usa, stressato dalla guerra, stupra qualche bambina, ciò è riprovevole, ma fa comunque parte del diritto al saccheggio su cui la storia militare è fondata. In quanto alle balle sulle mine antiuomo, di cui voi italiani siete meritevoli produttori, dite ai bambini di smettere di lamentarsi. Che stiano in casa e non gli succederà niente. Se la loro casa è saltata in aria, vadano in albergo. Se no cerchino di stare vicino a Saddam o a Milosevic, che è il posto più sicuro, tanto non li becchiamo mai.

Cara Redazione, sono una bambina di otto anni. Tutti mi hanno spiegato cosa vuol dire chat, pedofilia online, hot contact e snuff movie. Ho anche letto su un quotidiano che come bambina io sono "soggetto di sessualità atopica che l'interattività mascherata può scegliere come target di morbosità hardcore". Solo che io non ho Internet e mio zio Emilio vuole giocare a "dottore e paziente". Gli ho chiesto cos'è, e se può spiegarmelo in inglese, ma lui sta zitto, sbuffa e mi tocca, pardon mi clicca. A chi lo dico, alla mamma o a Bill Gates?

14.
Il generale "Fox"

Prima conferenza americana agli alleati, giugno 1999

Sono il colonnello John "Bulldog" Liar del Pentagono e devo il soprannome alla mia assoluta sincerità e lealtà. In virtù di queste doti sono stato scelto per parlarvi sulle operazioni in Serbia, appena terminate. Avevamo promesso all'opinione pubblica che, passata l'emergenza, avremmo chiarito tutto senza segreti militari, e lo faremo senza esitazioni. L'intervento umanitario della Nato è stato un successo. La pace regna in Kosovo e non si sente più sparare. Nei comodi campi di accoglienza, serbi e kosovari attendono di fare ritorno in patria. Milosevic è vinto, distrutto e ridotto in miseria. I morti ammontano a poche decine. Abbiamo attaccato con successo obiettivi militari e paramilitari quali fabbriche chimiche, senza danni eccessivi a civili. Abbiamo sganciato in Adriatico non più di una decina di bombe, tutte innocue, anzi, il fortunato pescatore che le trovasse può dipingerle e farne un simpatico souvenir. I nostri proiettili non contengono uranio impoverito né sostanze radioattive e sono realizzati con prodotti non testati su animali. I nostri aerei invisibili sono tutti rientrati alla base, rivelandosi armi di avveniristica efficacia. I soldi per gli aiuti umanitari verranno gestiti con la massima cura, il progetto Arcobaleno verrà sostenuto e controllato da istituzioni e televisioni: offrite con generosità, vogliamo sentire crepitare le carte di credito. Non abbiamo intenzione di stabilire basi americane né in Kosovo né in Serbia. Di tutto questo abbiamo informato, giorno per giorno e dettagliatamente il vostro leader D'Alema, un vero gigante al nostro fianco. Se gli va male in Italia, per lui è già pronto un posto di sindaco in Louisiana. L'economia americana compirà un generoso sforzo per ripristinare il nostro potenziale bellico. Siamo a disposizione degli alleati paisà per ogni chiarimento sull'intervento umanitario appena effettuato, nonché su Ustica, sulla funivia del Cermis e sul ruolo della Cia in Italia negli anni sessanta. Viva il libero rapporto di collaborazione e fiducia tra Usa e Italia, viva il Papa e il presidente Clinton, che Dio ce lo conservi.

Seconda conferenza, gennaio 2000

Sono il generale John "Fox" Liar del Pentagono, e devo il mio nome all'astuzia e alla diplomazia che ho sempre dimostrato in missione. Per questo sono autorizzato a parlare della guerra di qualche mese fa. Avevamo promesso che passata l'emergenza avremmo discusso senza reticenze, ma come dice il vostro grande stratega, colonnello Fabio Capello, è ancora presto per i bilanci. Bisogna procedere con cautela, senza pressioni di stampa e opinione pubblica. L'attacco americano è stato un completo successo. Ci sono ancora scaramucce tra kosovari e serbi, con qualche occasionale morto, ma le forze di pace Onu sono lì per questo. I serbi non vogliono lasciare i campi di accoglienza perché ci stanno troppo bene, mentre gli albanesi hanno scoperto come è bello vivere nel vostro meraviglioso paese. Milosevic si trascina come un pugile suonato alla ricerca di un'impossibile rivincita. I morti sono stati qualcuno più del previsto. Alcuni degli obiettivi non erano in effetti fabbriche chimiche ma gelaterie, e questo dimostra quanto sono adulterati i cibi nei paesi comunisti. Abbiamo bombardato qualche scuola ma ci risulta che in molte di esse le classi fossero sovraffollate. Nell'Adriatico ci sono soltanto diecimila bombe americane. Basta tirarle su con cautela e non metterle nel brodetto. Sono segnalati rari casi di mutazione genetica, come seppie che invece di inchiostro schizzano napalm. I nostri proiettili contenevano appena un pizzico di uranio impoverito e indigente, che può tutt'al più causare un leggero bruciore agli occhi. Basta che i vostri soldati portino un fazzoletto sulla bocca. Abbiamo perso due aerei invisibili e stiamo indagando per capire come mai sono stati visti e intercettati. I soldi per gli aiuti umanitari, per un disguido postale, sono andati smarriti, mentre i container della missione Arcobaleno sono stati equamente divisi tra mafia kosovara, mafia serba, 'ndrangheta e funzionari italiani, più un modesto sei per cento a me. Ma alla fine tutto verrà regolarmente distribuito alle popolazioni. Continuate a offrire fiduciosamente. Stiamo costruendo un McDonald's a Pristina, con duecento aerei per le consegne a domicilio. Di tutto questo volevamo informare il nostro amico D'Alerna (o D'Alesia, non ricordo come si chiama), ma ci hanno detto che ha cambiato lavoro. Per lui c'è pronto un posto di pizzaiolo a Brooklyn. L'economia americana è in pieno rilancio e sta reintegrando le scorte di armamenti. Siamo pronti a fornire ogni tipo di chiarimento al nuovo alleato Amato: sappiamo che sa spiegarsi perfettamente in inglese mentre è del tutto incomprensibile in italiano. Anche se non possiamo infrangere il top secret, proveremo a chiedere a qualcuno della Cia se ricorda cosa è successo negli anni sessanta e settanta in Italia, ma sono tutti molto vecchi e confondono date e particolari. Viva l'umiltà e il sereno ruolo di spalla che l'Italia ha nella Nato.

Terza conferenza, gennaio 2001

Sono il segretario alla difesa John "Snake" Liar, così chiamato per la mia viscida sfuggevolezza. Mi hanno incaricato di fare il punto sulla vecchia guerra in Serbia. Vi avevamo promesso che, passata l'emergenza, avremmo fatto un'analisi seria e dettagliata di ciò che è accaduto ma poi abbiamo pensato: da quando in qua un grande paese come gli Usa deve rendere conto a un microbo come l'alleato italiano? Abbiamo fatto un culo così ai comunisti e a tutta l'Europa. Kosovari e serbi continuano a spararsi addosso ma a noi sinceramente non frega più niente. I serbi hanno paura di tornare in Kosovo e sono inchiodati nei campi, mentre i kosovari vengono da voi che non ne volete più sapere. Milosevic ha ancora un sacco di soldi nella banche europee e americane. I morti sono stati molti, anche tra i civili, e allora? L'Adriatico è farcito di bombe d'aereo, adesso tocca a voi tirarle su, tra i diritti di guerra Usa, secondo il trattato di Trash, c'è anche il diritto di usare gli alleati come pattumiera. Non siamo tenuti a dirvi cosa mettiamo nei nostri proiettili, è una ricetta segreta come la Coca-Cola. L'uranio impoverito non provoca effetti collaterali, se non rari casi di tumore nei soldati con accertata ipersensibilità al prodotto. Basta mettere un lenzuolo sopra i militari e i civili contaminati. Abbiamo scoperto il segreto degli aerei invisibili. Sono invisibili al nemico solo quando sono nascosti nell'hangar. Ora saranno un'arma inarrestabile. Una bella fetta degli aiuti umanitari è stata sprecata e depredata, e del progetto Arcobaleno non parla più nessuno. L'economia bellica Usa marcia a pieno regime e non vediamo l'ora di usare tutte queste belle armi nuove. Stiamo costruendo una base aerea in Albania. Di tutto questo non abbiamo informato né D'Alema né D'Amato né Dell'Utri. Abbiamo anche appurato con certezza che negli anni sessanta la Cia non esisteva e quindi non può aver fatto niente in Italia. Per finire, questa è l'ultima conferenza e da domani torna in vigore il segreto militare. Viva l'ordine Usa e gli alleati che tengono la bocca chiusa. Viva Bush, anche se ci abbiamo messo un po' di tempo a eleggerlo. Ma come la storia insegna, noi americani ci mettiamo molto a nominare i presidenti, ma pochissimo a eliminarli. E ora vi lascio perché devo presenziare alla mia centesima esecuzione capitale. Dio salvi l'America dai terroristi: chissà da chi hanno imparato il disprezzo della vita umana.

15.
Una boccata d'aria per il nonno

Siamo andati a trovare il nonno che ha ottanta anni e abita a Città Quattro, ridente quartiere periferico. La casa del nonno è in una salubre posizione tra due svincoli della tangenziale, e lui è molto orgoglioso perché per ben tre volte i Tir gli hanno sfondato il tinello, e tiene tutti i ritagli dei giornali. Inoltre ha un comodo supermercato proprio davanti a casa. L'unico inconveniente è che quando esce lo investono con i carrelli. Per il resto il nonno vive tranquillo, o almeno non si lamenta.

Ieri mattina, dunque, siamo arrivati davanti alla sua porta e si sentiva il rumore di un film di guerra, evidentemente il nonno guardava la televisione. Abbiamo suonato, ma nessuno apriva e, non avendo un Tir, abbiamo sfondato a spallate.

Non era un film di guerra: il nonno era sul divano, tossiva, rantolava e scatarrava a mitraglia come gli effetti speciali di Rambo.

Lo abbiamo portato subito all'ospedale. In astanteria ho riconosciuto due signori che aspettavano la Tac con me nel 1994. Frequentandosi per tanti anni in sala d'aspetto si sono innamorati e sposati, e adesso erano lì con tre gemelli che aspettavano il test di gravidanza. Per fortuna noi abbiamo un cugino infermiere molto potente che è a capo del racket dei lassativi, e ci ha fatto passare davanti.

Un primo medico gentile ha esaminato il nonno, diagnosticando che aveva una bronchitina, e che comunque a quell'età bisogna rassegnarsi. Ma il nonno si è incazzato, ha roteato una flebo e il medico ha detto che forse c'era bisogno di una visita specialistica. Siamo andati da un secondo medico che ha subito chiesto se il nonno mangiava troppe fiorentine, il nonno ha detto magari, quindi si poteva escludere mucca pazza, poi gli ha fatto un esame per vedere se aveva un danno neurologico da telefonino, anche se il nonno non ce l'ha, poi gli ha chiesto se faceva footing o fitting o body sculpturing e il nonno ha detto solo il flipper da giovane. "Male, male" ha sospirato il medico, e ha aggiunto che la sintomatologia era anomala e comunque a quell'età c'è poco da fare.

Il nonno ha scritto su un biglietto "aria", ha rubato il carrello dei pasti all'infermiere e si è mangiato le razioni di purè di tutto il reparto. Allora l'abbiamo portato dal neuropsichiatra.

Questo l'ha visitato per bene e poi ha detto che la malattia, come spiegava tempo fa "Repubblica", nasceva dall'ansia del nonno di non poter navigare in Internet, dalla tensione di non sapere l'inglese e forse anche da uno stress per le oscillazioni dell'euro. Il nonno ha rantolato «aria».

Il medico ha chiarito che con quella parola il nonno rivelava la sua fragilità e volatilità, la sensazione di essere spazzato via in una situazione di competizione di mercato, e la sua insicurezza di fronte all'invasione degli extracomunitari. Poi gli ha chiesto se la notte aveva degli incubi tipo un Tir che gli sfondava la casa. Il nonno ha ruggito e ha fatto un casino da ventenne, bestemmiava, spaccava fiale e ha ingerito tanto bario che poi ha cagato un paracarro. Lo abbiamo portato al reparto pediatrico.

Qui abbiamo trovato un dottore che ha azzeccato la diagnosi. Il nonno vorrebbe respirare un po' d'aria, ma purtroppo l'aria non fa parte del concetto moderno di benessere, è in antitesi col valore ben più alto della mobilità automobilistica e del ciclo industriale. Non esistono allevatori d'aria che fanno manifestazioni e soprattutto, siccome l'aria non si vende, non sollecita interessi economici.

Infatti io ho pensato: se il miliardario pataccaro inscatolasse l'aria, certo vedremmo la pubblicità in televisione, l'aria diventerebbe un bene prezioso e nascerebbero tanti modelli e tante marche.

In quel momento ci siamo accorti che il nonno era scomparso. L'abbiamo cercato dappertutto. Era finito in un reparto di sordidi vecchi rantolanti. Uno aveva un bottiglione di aria di mare e lo passava agli altri, e quelli tracannavano, si sbronzavano di ossigeno e cantavano canzonacce. L'infermiera ha subito aperto la finestra per fare entrare smog, spremuta di marmitta e polveri.

"Se si abituano a respirare, poi diventano pneumnomani dipendenti" ci ha spiegato.

Abbiamo riportato il nonno all'astanteria, spiegando che aveva una sindrome semplicissima, cioè aveva voglia di respirare, in una città dove l'inquinamento è sedici volte sopra la norma.

"Cari miei, piacerebbe a tutti – ha detto il medico – ma in tempi di new economy, respirare è sorpassato. Può fare altre cose. Collegarsi in rete con un sito di alta montagna. Guardare la pubblicità delle caramelle mentolate alla televisione. Andare in una boutique a comprarsi una maglietta con le nuvole. Mettersi la maschera antigas di Valentino. Investire in un polmone d'acciaio. Ma respirare, è un concetto antiatomico, se cominciano i vecchi poi vorranno respirare tutti, anche gli stranieri."

Gli ha prescritto un'aspirina e ha concluso: "E poi non esageriamo, per un po' di enfisema alla sua età".

Allora il nonno ha cominciato a fare un rumore di betoniera. Raspava dai polmoni una colata di broncomagma e preparava la vendetta. Si è udito un rumore di terremoto, le guance del nonno si sono gonfiate ed è partita una scatarrata che per trenta secondi sembrava di essere sul ponte di una nave in tempesta.

Quando tutto è finito, pareva che sui muri ci fossero i cadaveri di dodici marziani, e il dottore sembrava una pastiglia Valda masticata. C'era muco anche sul lampadario.

Il nonno è stato arrestato per attività respiratoria eccessiva e continuata, catarricidio intenzionale e mancanza di trachea catalitica. L'hanno portato in prigione. Là almeno ha un'ora d'aria.

16.
Don Fobio Copriti

L'Italia, dopo esser entrata in Europa, è riuscita a entrare anche in Vaticano.

Una pioggia di catechismi, predicozzi, scomuniche, anatemi e divieti si è abbattuta non già sulle coscienze dei cattolici, ma sulle istituzioni di uno stato ex-laico. Anche noi vogliamo partecipare a questa genuflessione collettiva, ospitando l'intervento dell'arcivescovo Don Fobio Copriti. L'arcivescovo Copriti è il capo della new inquisition, dottrina moderna che alla tortura preferisce il martellamento mediatico, nonché presidente della FISS, Federazione Italiana Safari alla Strega e membro della Commissione sessualità e territorio, lavoro per il quale è stato recentemente insignito dell'onorificenza della Gran Mutanda. Come inquisitore ed esorcista, ha disputato contro le possessioni sataniche ed erotiche novanta incontri, con un record di ottantotto vittorie, un pareggio con Andreotti e una sola sconfitta. In seguito a quest'ultima, è rimasto indiavolato e ha lavorato per un anno come spogliarellista in un locale romagnolo. Recentemente è tornato al suo incarico, anche se qualcuno maligna che nei suoi scritti restino tracce dello shock subito.

"Io, Don Fobio Copriti, fiscale della Santa Inquisizione, accuso davanti a me medesimo Reverendo inquisitore il qui contumace lettore di Repubblica per aver abbandonato la fede di stato e diabolicamente aderito seguendo dogmi falsi e scandalosi alle seguenti eresie: pornocatara, negromantica, giudaica, manichea borborita, marxisto-genetica, profilattico-valdese, neobegarda, prepuziana antipapale, priscilliana, basilidiana, saracena e margherita con funghi. Nell'impossibilità di torturarlo decenter e di addurlo in ceppi, gli lancio contro un anatema terra-aria di terzo grado, acciocché si penta e ammetta la sua nefaria possessione. Nel far ciò userò linguaggio acconcio e moderato come nello stile della moderna new inquisition.

Branco di pipparoli peccaminosi e scrofe laiche che accostate i vostri occhi impuri a questa esecranda pergamena, già vi vedo coi vostri membri intostati e le cricete ingorde pronti a spargere ferormoni nell'aere e ad accoppiarvi nelle seicentosette posizioni della porcomixomachia dell'arcidiavolo Pelvis (le mie preferite sono la centosei, il gomitolo d'amore e la trecentododici, la pecorella smarrita).

Ma guai a voi, turgide tentatrici e fauneschi insidiatori, poiché in materia di sessualità la dottrina della Chiesa è precisa come il più affilato dei rasoi! È lecita la copula solo quando si ha procreazione, e procreazione havvi solo per copula, mentre in tutti gli altri casi bisogna resistere, secondo le cinque defensiones prescritte da Santa Annalisa, la santa dalla guepière di ghisa e San Anacleto, il santo che per non peccare lo mise sottaceto.

Prima difesa è la Defensio immobilis, che intima due virtuose azioni. La prima, proteggere nunc et semper il patrimonio immobiliare della Chiesa, il più ricco dell'orbe terraqueo. La seconda, l'obbligo di rimanere, durante la copula, perfettamente immobili a distanza di tre metri. Questo, a meno di immonde prodezze balistiche, riduce grandemente la possibilità di gravidanza.

Viene poi la Defensio medicalis. Guai a usare medicamenti contrari al modus naturale! Non è ammesso prendere la pillola del giorno dopo perché è abortiva, ancor peggio la pillola del giorno prima, perché ne deriverebbe un piacere senza procreazione, e non si può ingerire la pillola durante l'atto, perché è scomodo (anche se a me, ad esempio, piace moltissimo trombare mangiando popcorn). È proibito il preservativo perché non è corredo organico naturale, altrimenti Dio ci avrebbe fatto il pistolino loricato col cappuccio, come le biro. Non è lecito usare la spirale perché potest causare forti vertigini allo spermatozoo. La masturbazione è concessa soltanto sulle isole in caso di forte maltempo e traghetti interrotti.

Havvi poi la Defensio catodica. Per non incorrere nella tentazione di copulare, conviene guardare molta televisione. Primum, poiché video deprimit libidinem, secundo, perché vi si possono vedere programmi edificanti e di grande efficacia anticoncezionale. Ad esempio la leggenda di San Giulio miracoloso, che invece del lebbroso baciò il mafioso, o di Santa Raffaella che col canone degli utenti riunifica i parenti. Ma soprattutto le apparizioni del Santo Padre che benedice, che scia, che guarda il concerto rock, che si addormenta alla partita di calcio, che procede sulla papamobile e sul papajumbo. Poiché se è vero che Gesù non si preoccupava dell'audience e parlava anche a pochi, un moderno pastore d'anime deve invece grandemente curare l'audientium partitio (in latino 'share').

E non si dimentichi la Defensio sanguinis. Dato il grande afflusso di emoglobine barbare che ha invaso il territorio Vaticano e l'annessa periferia italica, bisogna impedire la diffusione e il contagio di moschee, muezzini, odalische, matrimoni misti, coppie cinediche, adozioni spurie e proliferare di meteci. Perciò seguendo l'ortodossia bossico-biffica anche noi diciamo: beati gli ultimi arrivati, perché saranno i primi a ripartire.

Postremum, ecco la Defensio educationis. Se vincerà San Silvio martire, il santo con la chioma retrattile, noi decreteremo una santa controriforma scolastica. Poiché siamo rispettosi degli equilibri laici, verrà mantenuta l'ora di religione. Ci sarà un'ora di religione e poi una di matematica, poi una di religione e una di italiano e così via. Non si dica che esageriamo. E ora inginocchiatevi, bruciate questo fogliaccio demonolatra, e sarete absolti da peccati singoli e cooperativi, lodi arbitrali e case abusive, corruzione di giudici e logge criminose e, quel che più conta, scamperete alla tortura, al rogo e alla confisca dei beni. Vi lascio con questa parabola ammaestratrice.

* * *

Dopo questo andò Gesù oltre il mare di Galilea, tra naufragi chimici e chiazze di petrolio, e seguiva lui gente molta, anche se non paragonabile alle cifre del Giubileo. Or salì al monte Gesù e lì sedette coi discepoli suoi, dodici. Alzati dunque gli occhi Gesù, e visto che dimolta gente veniva a Lui, disse a Filippo: – Onde compreremo di che sfamarli?

E Andrea acquistò da un venditore ambulante di sospette fattezze extracomunitarie cinque pani d'orzo e due pesci, ma la gente era tanta e Matteo disse che essi ne avrebbero avuto meno che un minuzzolo.

– Li moltiplicherò in varie guise – disse Gesù

– Per me pancarrè e salmone affumicato – disse Tommaso, che era di gusti lassi e raffinati. Gesù non lo degnò di uno sguardo, giunse le mani invocando Santa Beatrice, la santa fotocopiatrice, prese i pani e i pesci e s'apprestava a moltiplicarli quando apparve a lui dinanzi un Arcisacerdote inquisitore, vestito di oro e porpora, e gli disse:

– Nazareno, non osare clonare, si comincia coi pani e i pesci e si finisce coi miscugli genetici, il sesso in vitro, Blade Runner e le bambole gonfiabili.

Pur non intendendo il linguaggio astruso e post-aramaico dell'Arcisacerdote, Gesù rispose: – Mi sembra importante che costoro mangino, lo faccio perciò a fin di bene.

– Queste sono pratiche genetiche e stregonesche, l'unica moltiplicazione da noi consentita è quella delle rendite. Nessun nuovo pane o pesce nascerà, perché tratterebbesi di spermateisfora, fecondazione eretica, a distanza e senza contatto.

– E come la mettiamo con lo Spirito Santo? – disse alquanto arrabbiata Maria, madre del Nazareno, che da tempo covava quell'assillo.

– Quello lo abbiamo arrestato ieri – disse l'Arcisacerdote ghignando – con l'imputazione di fecondazione artificiale, adulterio e rotta aerea non autorizzata.

– Posso almeno predicare? – sbuffò Gesù.

– Aspetti la troupe televisiva – disse l'Arcisacerdote – per chi vuole parlare, per poche migliaia di pezzenti?

Allora Gesù e gli apostoli se ne andarono e capirono che quello che stavano insegnando sarebbe rimasto nel cuore, nella coscienza e nelle azioni generose di molti, ma nell'animo di altri sarebbe diventato potere, intolleranza, razzismo e roghi. Ma poiché Gesù era un bel caratterino, fece un miracolo ittico-eretico e in cielo misteriosamente apparvero una pagnottona toscana e una carpa di trenta chili, che precipitarono sulla testa dell'Arcisacerdote, facendone paté.

Questo non è riportato in alcuna scrittura, ma ve lo garantisco io, come è vero che sono l'arcivescodiavolo Fobio Azazello Stregatto Amelia Scopriti, amen."

ESTATE

17.
Maturità!

A cura del Ministro della Conservazione dei Beni Culturali. Pubblichiamo un elenco di nuove modernissime prove per la Maturità.

Tema d'italiano 1

La figura del Carducci si staglia imponente nel panorama poetico del suo tempo riprendendo la tradizione classica italiana in una rivisitazione colta e appassionata che egli arricchisce degli stimoli poetici più vivi e contemporanei, aprendo contemporaneamente la strada a fermenti nuovi che anticipano alcune delle tendenze più significative della poesia novecentesca in un disegno che pur rispettando il grande patrimonio lirico italiano non tralascia di aprirsi alle nuove suggestioni europee mantenendo una sua cifra originale senza rinunciare a riflettere, vivificandoli, sui temi fondamentali di quella poesia che riassume il grande passato della parola classica e l'alba della modernità sociale e artistica della complessità linguistica contemporanea. Segnare con una crocetta se siete d'accordo: Sì No.

Tema 2

La figura di Renzo nei *Promessi Sposi*.

Tema 3

Commentate brevemente i versi di questo poeta di cui non vi diamo il nome per impedirvi di odiarlo e di non leggerlo più per il resto della vostra vita.

Tema 4

Parlate di un libro che avete letto senza che fosse compreso nel programma scolastico e spiegate perché esso è notevolmente inferiore a quelli compresi nel programma, nonché i motivi dell'inutilità di un suo eventuale inserimento nel programma.

Tema 5

Modernità della figura di Renzo nei *Promessi Sposi*.

Tema 6

Tentate un paragone fra l'antica solitudine leopardiana e quella moderna quale si configura nella trasmissione televisiva *I fatti vostri*.

Tema 7

Pur non avendo letto i libri dite cosa vi ispirano i titoli di *Guerra e pace* e dei *Miserabili*.

Tema 8

"Madame Bovary c'est moi", disse Gustave Flaubert. Traducete in italiano.

Tema 9

L'economia asiatica è allo sbando. Migliaia di turisti giapponesi a Roma barattano le macchine fotografiche con scamorze. Sony e Toshiba, sull'orlo del fallimento, saranno inglobate da Telecom e Enel. Duecento manager giapponesi fanno harakiri alla sola idea di avere a che fare con Rossignolo e Chicco Testa. Tokyo nella morsa della carestia: per sfamare gli abitanti il sindaco dà il permesso di mangiare i lottatori di Sumo. Prendendo spunto da queste recenti notizie, commentate la poesia *Canto notturno di un pastore errante dell'Asia* di Giacomo Leopardi nel bicentenario della nascita.

Tema 10

Esaminando l'evoluzione del concetto di Vir a quello di Vip, tratteggiate il passaggio tra la cultura classica latina e quella italiana.

Tema 11

La figura di Renzo nei *Promessi Sposi* se avesse avuto un cellulare.

Prova di matematica

Un italiano pianta la moglie, emigra in Australia e in trentadue anni scrive due cartoline a casa. Calcolando che l'italiano si è risposato con sette figli e la distanza tra la sua città e Roma è di 7640 chilometri, rispondete a questi quesiti: a) quanti giorni ci metterà la Carrà a individuare e catturare l'emigrato italiano; b) quanto costerà alla Rai il soggiorno di tre settimane di tutto il gruppo familiare dell'emigrato, calcolando che nella cifra va calcolato il pasto di due canguri domestici e il cachet dei Backstreet Boys, senza i quali la figlia minore Kate non è disposta a lasciare l'Australia.

Lingue straniere

Traducete dal ministerial-didattichese questo brano riguardante un corso d'aggiornamento per insegnanti dell'era Berlinguer. "Definita, attraverso la procedura proposta, la struttura modulare di un curricolo e la scansione orizzontale e verticale, e cioè in serie e in parallelo, dei moduli che lo costituiscono, il lavoro più impegnativo consiste nell'elaborazione delle unità didattiche in cui ogni modulo è stato eventualmente articolato."

Educazione civica

Poco tempo fa un aereo militare è caduto su una scuola di Bologna uccidendo dodici alunni. I responsabili sono stati assolti, compreso il pilota che si era lanciato prima dell'impatto. I genitori delle vittime hanno presentato una proposta per cambiare i regolamenti dei voli militari sulle zone abitate, ma non sono stati ascoltati. Spiegate perché l'Aeronautica ha tutto il diritto di volare a suo piacimento sulle nostre teste, e perché un regolamento militare non può essere discusso da civili imbelli. Avete due ore di tempo per lo svolgimento, prima che l'elicottero cominci a mitragliare la scuola.

Fisica

Calcolando che il coefficiente di riduzione del silicone è di 4,56 all'anno, e che l'effetto serra aumenta la temperatura della terra di un grado ogni tre anni, calcolate se sparirete prima voi o Valeria Marini.

Scienze naturali

1. Commentate la recente teoria dello scienziato e avvocato di Forza Italia, Alfredo Biondi, secondo cui i dinosauri si estinsero perché rinunciarono all'immunità parlamentare.

2. La clonazione, grande risorsa del futuro, troppo spesso osteggiata e rifiutata da una mentalità passatista. Esprimete il vostro parere originale e guai a voi se copiate.

18.

Diario delle vacanze
Uno: la new holiday

Caro diario: siamo partiti per la vacanza. Da quando papà ha cominciato a leggere tutte quelle riviste sulle "new holidays", è diventato un altro. "Faremo le ferie evitando qualsiasi forma di adulterazione, inquinamento e danno alla natura" ha detto. Non potevamo partire in auto, per via degli ingorghi e degli scarichi. Neanche con l'aereo, che inquina acusticamente e arrostisce nelle turbine centinaia di cicogne innocenti. Abbiamo scelto il treno.

Martedì. Il viaggio verso il mare è stato lungo. Siamo rimasti bloccati sotto la solita galleria, ma papà ha tirato fuori dalla supersacca ecologica quattro maschere antigas. Poi ci ha insegnato un tipo di respirazione rilassante che i monaci tibetani usano quando restano bloccati in un treno italiano. Mentre gli altri si abbuffavano di salame e pecorino, noi ci siamo nutriti con delle deliziose tavolette di soia. Il nonno le ha rifiutate, dicendo che non aveva fame. A papà è venuto un sospetto, e ha scoperto che il nonno aveva un panino alla porchetta nascosto dentro la maschera. Siamo arrivati con sole nove ore di ritardo e abbiamo preso la coincidenza, un trenino a vapore. Papà ci ha spiegato che questi treni sono molto meno inquinanti dei moderni. In quel momento è entrata una nube di fuliggine e quando siamo scesi sembravamo la nazionale del Camerun. Ma papà insisteva a dire che il carbone è sano. Mamma allora gli ha chiesto perché tanti minatori sono morti di malattia. Papà ha risposto che parlando così si consegna il paese alla destra. Io volevo fare una domanda sul carbone della befana, ma ho capito che non era il caso.

Mercoledì. Siamo arrivati e abbiamo piantato la tenda. La spiaggia è deserta, a eccezione di un gruppo di nudisti olandesi che, secondo papà, sono creature che vivono soltanto in zone incontaminate. Papà si è messo a pescare con le mani perché nel "new fishing" è scorretto affrontare i pesci con attrezzature quali lenze, arpioni o fucili. Con le mani nude ha catturato un preservativo e mezza zampa di polpo. Poi lo abbiamo sentito gridare, ma non era un grido di trionfo: aveva preso un riccio. Si è medicato con una pomata naturale "new medicine", ma le bestemmie erano abbastanza vecchio stile. Il nonno intanto è tornato dal mercato con un dentice da un chilo, e si è messo ad arrostirlo. Papà gli ha chiesto come poteva piacergli quel pesce evidentemente surgelato e riciclato. Il nonno, che vota Casini, si è messo a ridere. A sera, si è presentato il problema delle zanzare. Ucciderle è un danno all'ecosistema, ma pizzicano di brutto. Nonno proponeva di sterminarle con lo spray, la mamma di schiacciarle con un ammazzamosche, io, ancora più moderato, di catturarle e rieducarle. Mentre era in corso il dibattito, sono arrivate anche le formiche, le mosche e uno scarabeo con una palla di sterco di misura calcistica.

Giovedì. Sono state trovate dodici zanzare morte nei pressi del sacco a pelo del nonno. Lui dice di averle ammazzate ecologicamente a ciabattate, ma l'autopsia ha rivelato tracce di Baygon nei polmoni. Poi è successo un guaio: mentre papà faceva yoga in riva al mare è arrivato uno yacht a tutto gas, a venti metri dalla riva. L'onda ha bagnato pantaloni, soldi e documenti di papà, e lui ha dovuto respirare un bel po' per calmarsi. Poi si è presentato Karl, un giovane nudista olandese alto uno e novanta. Ha attaccato discorso con mamma. Papà ha detto che non gli è simpatico perché l'Olanda è andata immeritatamente avanti nel Mondiale. Ma la vera ragione è che tra Karl e papà ci sono parecchi centimetri di differenza e non solo in altezza, non so se mi spiego. Nel pomeriggio siamo andati a fare bird-watching, stesi sulla sabbia col cannocchiale. In tre ore abbiamo visto una cosa rosa che poteva essere un fenicottero, o un fachiro ustionato dal sole. Quando ci siamo alzati, ci siamo accorti che eravamo osservati alle spalle da circa duemila gabbiani. Uno è partito in picchiata e mi ha rubato la merenda. Ho respirato profondamente, ma sono rimasto arrabbiato. Quando siamo tornati, la mamma non c'era, era con Karl a raccogliere conchiglie, e il nonno era andato a vedere la partita di calcio sullo yacht. A mezzanotte hanno scaricato in mare la sentina e si è diffuso nell'aria un delizioso odore di petrolchimico.

Venerdì. Butta male. Papà ha sul naso un ponfo di zanzara che sembra un pandoro. Il nonno è andato in gita con quelli dello yacht cercando rocce da decapitare. La mamma e Karl sono sulla battigia che fanno una new gymnastics che secondo Karl si chiama tai-chi-wan-lu, secondo me si toccano di brutto. Sono arrivati anche cinquanta locali con radio a tutto volume, porchette e una impressionante batteria di fucili subacquei. Sono entrati in acqua e dopo un'ora avevano già colpito un pesce e due polpacci. Papà li ha severamente redarguiti, dicendo che non è giusto prendersela coi pesci che non possono difendersi. In quel momento ha messo il piede su un pesce-ragno. Adesso è nella tenda che rifiuta sdegnosamente l'ammoniaca, e il piede sembra uno scarpone da sci. Il nonno ha invitato gli amici dello yacht a una spaghettata sulla spiaggia, si sono ubriacati e hanno scherzosamente incendiato un ettaro di pineta. Mamma è andata a vedere la luna piena in canoa con Karl. Per fortuna papà dorme, se no dovrei fargli notare che sarà luna piena tra quindici giorni.

Sabato. Papà si è alzato, si è guardato il piede gonfio, ha ammazzato lo scarabeo con una zoccolata, ha bevuto tutte le birre del nonno e ha seminato le lattine sulla spiaggia. Qualcosa in lui era cambiato. Con una luce strana negli occhi, ha detto “Smontiamo la tenda, si va via”. Ha noleggiato un’auto e da tre ore guida smadonnando e sorpassando tutti all’interno. Fuma in continuazione e butta le cicche dal finestrino dicendo che lui i piromani li ammazzerebbe. Il nonno ha sei anfore fenicie in valigia. Mamma fa dei sospironi non buddisti e consulta di nascosto una cartina di Amsterdam. Viaggiamo incolonnati verso destinazione ignota. La radio comunica emergenze sui fronti giustizia, incendi, trasporti, ozono, quadrupedi abbandonati e bipedi disoccupati, nonché rischi per l’abbronzatura e la democrazia. È lo stesso bollettino dell’anno scorso. Altroché new holidays, ci hanno rifilato un’estate usata.

19

Diario delle vacanze Due: il Grande Rientro

20 agosto

Caro diario, l'ora X sta per avvicinarsi. Per tutta la vacanza papà ci ha svegliato alle tre di notte per le esercitazioni del Grande Rientro. Dopo aver scoperto che il look militare è di gran moda, ci ha vestito con pezzi della sua vecchia tuta mimetica. Ci siamo abituati a dormire con gli anfibi spalmati di grasso, e le lenzuola sono diventate un po' scivolose. Ma papà dice che dobbiamo prepararci alla guerra, perché ci sono dei Grandi Vecchi nascosti in grotte col fax, la parabolica e i videogiochi. Sappiamo tutto di loro, la mappa del bunker, il water segreto e anche quante bombe e mitra hanno, e il loro numero di matricola. Ma papà, ho detto io, se conosciamo tutti questi particolari, vuol dire che sappiamo anche chi ha venduto le armi, magari c'è anche una regolare fattura Iva. Allora non era meglio impedire di venderle, piuttosto che contarle adesso? Invece di bombardare, non si fa prima a bloccare qualche fabbrica o mercante internazionale? Papà mi ha guardato male e ha detto che sono un potenziale terrorista. La mamma gli ha detto, caro, non arrabbiarti, è solo un bambino, e lo ha portato in camera da letto. Temo una rappresaglia.

21 agosto

Il rientro è vicino. Lo capisco da come, nell'albergo, tutti fanno finta di niente per non rivelare l'ora della partenza. I nostri vicini di camera hanno addirittura messo sulla porta una scritta "Vendesi auto come nuova". Invece sappiamo che hanno già caricato le valigie. Papà, per essere pronto, non le ha neanche mai scaricate, ogni notte va di nascosto nel bagagliaio a prenderci le mutande di ricambio. Papà è uno dei più grandi architetti portapacchisti d'Italia. Riesce a innalzare sul tettuccio dell'auto una costruzione che sta a metà tra una pira per roghi e l'altare di San Gennaro. Per fissarla usa metri di elastici tirati al massimo, ogni tanto qualcuno gli arriva in faccia come una frustata, il vero portapacchista – sostiene lui – è sempre pieno di cicatrici. In cima ai tre metri di bagagli ci mette immancabilmente due damigiane d'olio. Gli ho chiesto perché, visto che non le usiamo mai. Papà mi ha risposto che è un'antica tradizione. Poi mi ha preso sottobraccio e mi ha detto che, riguardo al terrorismo, l'arma migliore è bloccare i conti in banca dei ricchi sceicchi. Ma papà, gli ho chiesto, come facciamo a scoprire i giri finanziari di Bin Laden se non siamo riusciti neanche a capire quelli di Previti? Mi son preso uno schiaffone.

22 agosto

Alle due di notte papà ha gridato "sveglia, giù dalle brande" e ho capito che il grande giorno era venuto. Dal risuonare di anfibi lungo le scale, abbiamo dedotto che non eravamo soli. Per il viaggio ci siamo sistemati così: papà e mamma davanti, io e il coccodrillo-salvagente di dietro. Lo portiamo a casa gonfio perché è pieno di salubre aria di mare. Ognuno di noi recava con sé i souvenir della vacanza. La mamma le conchiglie, papà tutti gli asciugamani della pensione, i portacenere e il tavolo da ping-pong. Io i cucchiaini dei gelati. Ho letto che quest'estate ogni italiano ha consumato sedici chili di gelato a testa. Be', io li ho mangiati in una sola sera, il gelato si chiamava Supercoppa Grangelo Marmolada Titanic e costava come tre aragoste. Era una coppa così grossa che sporgendomi ci sono caduto dentro, ho sentito un gran freddo, un odore dolciastro e la voce di mio padre che diceva "tieni duro ragazzo, adesso ti tiriamo fuori da lì". Quando ho ripreso i sensi, c'era Buck che mi leccava la faccia. Buck è un cane da vaniglia, versione marina del cane da valanga, e mi ha salvato la vita. Caro vecchio Buck!

23 agosto

La partenza intelligente è riuscita. All'alba ci siamo trovati in una coda di gente tutta intelligente come noi, trenta geniali chilometri di ingorgo. Ma una volta entrati in autostrada abbiamo fatto prestissimo. Dopo un attimo eravamo già in fila del casello di uscita, nel senso che c'erano cento chilometri di coda fino a casa. Mio papà è subito sceso gridando che la colpa era di quelli che non tengono gli spiccioli pronti. Siamo scesi anche noi, l'autostrada è diventata un party all'aperto, si faceva conversazione da auto ad auto. Di fianco a noi un camperista tedesco spiegava a mio padre che le armi più pericolose del terrorismo internazionale sono l'uranio venduto dai russi e l'esplosivo plastico. Papà ha chiesto come faceva a saperlo. Il tedesco ha detto con un certo orgoglio che suo figlio è il rappresentante di vendita per l'Africa e Medio Oriente. Mamma voleva litigarci, papà l'ha zittita. Io ho creato un movimento di bambini disidratati organizzati e ci siamo messi a gridare lo slogan "vogliamo il gelato". La manifestazione è stata sciolta.

23 agosto sera

Dopo nove ore di coda ci è venuta fame, ma abbiamo scoperto che per un errore di stratificazione la busta delle cibarie era finita in fondo al baule, si sentiva l'odore del provolone e lo scricchiolio delle uova sode, ma non c'era niente da fare. Così abbiamo affrontato la calca di un Autogrill mettendoci coraggiosamente in fila alle casse. Mamma ha sbagliato subito, è finita nella fila dei gabinetti e si è chiusa in una toilette a piangere. Papà è stato eroico, ha sgomitato e lottato ed è uscito trionfante con l'ultima "Gazzetta dello Sport". Per la gioia però si era dimenticato di comprare da mangiare. Io ho rubato un pacchetto di brigidini a una bambina, la guerra è guerra. Quando siamo tornati all'auto, il coccodrillo era esploso e un ladro scalatore ci aveva rubato le damigiane d'olio. Eravamo stanchi, ma abbiamo proseguito. Mi sono addormentato sognando che qualcuno cercava di vendermi una scatola con venti missili Giotto a colori. Quando mi sono svegliato ho visto il volto di papà rasserenato: eravamo usciti dall'ingorgo autostradale ed eravamo nel vecchio caro ingorgo di città.

24 agosto

A casa abbiamo trovato qualche cambiamento. Il ficus era morto, secco e bruciato, e c'è stato un palleggiamento di responsabilità tra la portinaia, il nonno e le regioni. Inoltre la mamma aveva lasciato al gatto una scatoletta per ogni giorno, dicendo che con la sua intelligenza avrebbe capito e si sarebbe regolato. Purtroppo si era dimenticata di aprire le scatolette. Il gatto era molto magro e arrabbiato. E così eccomi qua, nel mio comodo lettino. Le vacanze sono finite e tornano i problemi. Mancano i posti, non i posti di lavoro, i posti letto per i Vip al Festival di Venezia. Ma ho letto con sollievo che l'industria bellica continua ad assumere. Perché al mondo non ci sono soltanto gli eserciti statali, ma anche centinaia di eserciti privati in vendita. Come fanno certi paesi a parlare di pace mentre le loro industrie di armi sono un supermarket aperto a tutti, come fanno a spedire proclami di indignazione e cataloghi di missili con lo stesso fax? Ma non devo più preoccuparmi per il mio futuro. Ho deciso. Da grande farò il bersaglio.

20.

Diario delle vacanze
Tre: il dottor Norman

Caro diario, domani partiamo per le vacanze. Mio padre mi ha preso da parte e mi ha spiegato che ho già tredici anni, sono una ragazzina intelligente e dovrò fare vacanze intelligenti. Non dovrò portarmi dietro la bambola e l'orsacchiotto Paco, perché non devo dipendere da niente. Anche lui, ha detto, lascerà a casa due dei suoi cinque telefonini. Ci serve proprio un po' di svago e di vita sana. Abbiamo passato un bruttissimo inverno. La mia città ha tre volte il tasso di polveri e benzene consentito. Ma una volta al mese fanno la domenica ecologica, chiudono il centro e ci danno il permesso di girare tutti insieme in bicicletta, così possiamo respirare tutta la merda in una volta e il giorno dopo le macchine hanno un po' di aria pulita da inquinare nuovamente. Per via di questo inverno un po' impestato il mio fratellino Luigino ha avuto tredici virus con quarantadue di febbre, io sei bronchiti, mamma una vecchia allergia ai pollini insieme a una nuova allergia ai peli di cammello (per fortuna siano stati allo zoo solo due volte). Papà ha avuto la congiuntivite allergica con gli occhi rossi per sei mesi, e una stomatite che gli ha scoperto le gengive, e una notte che era vestito di nero un uomo ha cercato di ucciderlo con un paletto nel cuore. Per finire il nostro cane, Bongo, ha preso da un gatto le zecche che i piccioni prendono dai topi. Ma il dottore ha detto che tutte queste malattie sono nella norma e anche nel 1936 ci fu qualcosa di simile. Ma ora respireremo un po' d'aria sana.

* * *

Siamo sull'autostrada bloccati da nove ore. La fila è di cinquanta chilometri ma la radio ha appena detto che nel 1996 ce ne fu una molto più lunga. Diluvia e ci sono dieci gradi all'ombra, ma il meteorologo ha appena detto che la temperatura è sostanzialmente nella norma. Nessuno spegne il motore e l'aria non è proprio pulitissima, Luigino vomita, Bongo si gratta, io tossisco, mamma ansima e papà bestemmia. Ho letto da qualche parte che ci sono già le auto elettriche e quelle che vanno a olio di colza non inquinanti, ma le industrie non le vogliono, l'olio di colza è contingentato e addirittura da qualche parte si sono rifiutati di assicurare le auto che vanno con l'olio di colza. Io spero che qualcuno la tiri fuori davvero questa storia dell'olio, se no siamo fritti.

Mentre siamo in fila, ascoltiamo la radio. Siccità in Africa, bufere di vento in Sardegna, alluvioni in Scandinavia e incendi in tutta l'America. Un meteorologo però dice che nel 1869 ci fu un anno simile e quindi siamo nella norma. Finalmente abbiamo raggiunto il mare e siamo corsi subito in spiaggia. Soffiava un tipico vento gelido di agosto, gli ombrelloni volavano dappertutto e faceva un freddo bestiale. Io e Luigino abbiamo litigato perché lui voleva fare un castello di sabbia e io invece un pupazzo di neve.

Verso sera una nave, spinta dalle onde in burrasca, si è arenata sulla spiaggia. Tutti sono corsi lì armati di bastoni e spiedi pensando che fossero curdi. Invece era un traghetto che andava alle Eolie ed era stato spinto lì dalla tempesta. Sopra c'era anche un signore che fa il meteorologo e si chiama dottor Norman, che ha spiegato a papà che nel 1934 ci fu un episodio analogo. Siamo stati un po' barricati dietro l'ombrellone, e poi papà si è vestito con la muta e la giacca a vento e ha provato a fare il bagno. Si è quasi congelato, ma quando è uscito si è alzato un vento rovente di scirocco che l'ha cotto in pochi istanti. Norman ha detto che era tutto nella norma, compreso l'incendio che ha distrutto la nostra pensione, la bufera di vento che ci ha portato via la tenda e la tempesta di polvere che ci ha accecato, così che papà ha rimontato la tenda sul formicaio più grosso dell'occidente. Abbiamo dormito in una buca nella sabbia.

Stamattina per fortuna fa più caldo. Cinquantasei gradi all'ombra, e un vento africano che porta sabbia, raffiche di cuscus e, purtroppo, peli di cammello a volontà per la povera mamma. Io penso che noi umanoidi abbiamo combinato un bel casino con questo clima, che ci vorrebbe una commissione climatica mondiale che ci informasse davvero e imponesse regole da rispettare, e mi piacerebbe che le notizie di questa commissione fossero la prima notizia del telegiornale, ancora prima dell'indice Mibtel e delle vacanze dei Vip. Al pomeriggio ha cominciato a piovere, c'è stata una piccola alluvione e una grandinata color tamarindo. Io e Luigino l'abbiamo assaggiata e non era male, però poi ci è venuta la colite e siamo stati tutto il pomeriggio seduti sulla norma.

Papà ha detto io me ne frego del maltempo, io faccio il bagno, è entrato in acqua e ha trovato prima le meduse e poi la mucillaggine, è uscito che sembrava una gelatina semovente, e tutti i bambini della spiaggia lo hanno preso per un Pokémon e se lo sono disputato.

Il dottor Norman ha detto a papà che nel 1965 ci fu un caso di mare inquinato in quel modo, sono calamità naturali e non bisogna cedere all'allarmismo e alla tentazione di incolpare uomini e industrie. In quel momento è giunta a riva una chiazza di petrolio venuta da chissà dove. Papà e il dottor Norman si sono infilati in un branco di fenicotteri e così sono riusciti a farsi ripulire da Greenpeace.

Ieri Luigino sotto la tenda ha preso un nuovo virus con quarantasei e mezzo di febbre. Il dottore ha detto che aveva già visto un caso simile nel 1988, però si trattava di un würstel. Nel delirio, Luigino mi ha confidato che crede di avere capito tutto. Tutte le volte che succede qualcosa di mostruoso, basta dire che è una calamità naturale, ma soprattutto che è già successo e anche peggio. Quindi, basta tenere presente Hitler e ogni politico italiano va bene. Ogni nuovo virus è meglio del colera. Ogni catastrofe climatica è meglio del diluvio universale. Un maremoto non è un problema, a meno che non depositi sulla spiaggia degli extracomunitari. Quindi ognuno può continuare a inquinare, disboscare, chimicizzare, sfruttare. Pensandoci bene, c'era del metodo nel delirio di Luigino. Volevo discuterne con papà, ma era impegnato in una discussione coi vicini di tenda sui pericoli delle radiazioni da cellulari, e su perché la pubblicità dice che le telefonate costano meno ma la bollette crescono. Il dottor Norman ha detto che c'era già stato un caso simile nel 1864, in una bolletta del gas in Alabama. Tutti si sono rassicurati.

* * *

Oggi finalmente c'è un tempo discreto, pioviggina. Abbiamo fatto il bagno, le meduse non c'erano, c'era solo uno squalo, ma è passato vicino a Luigino ed è morto di tonsillite in pochi istanti. Sul giornale ho letto che in Africa non c'è più un goccio d'acqua e nell'Artide i ghiacci si sciolgono a tempo di record, che il clima mediterraneo è fottuto e si prevedono tornadi mai visti. L'ho letto in un trafiletto tra le notizie della fusione tra Telecom, Cragnotti, Mediaset e la Triade Cinese.

Verso sera la situazione è peggiorata. Si è messo a nevicare. Luigino è stato punto da una nuova zanzara tropicale, mamma starnutisce come un locomotore. Ma papà ha detto che bisogna assolutamente reagire e fare il bagno, si è fatto prestare una tavola da surf e si è lanciato contro un'onda di sei metri. È rimbalzato sulla cima di un pino, al centro del solito incendio.

Il dottor Norman stava rassicurandolo spiegandogli che era successo qualcosa di simile nel 1789, ma papà gli ha tirato un pugno in faccia di incredibile potenza, scardinandogli metà dei denti, poi lo ha rassicurato dicendo che aveva dato un pugno molto peggiore a un suo compagno di scuola nel 1956, e quindi il pugno doveva considerarsi nella norma.

A sera abbiamo arrostito delle bistecche di medusa sulla schiena di Luigino e mamma si è ripresa dall'asma inalando dalla marmitta della macchina. Sembra che abbia una sindrome di dipendenza dal benzene. Papà sta facendo le valigie e piange. Io ho acceso la radio e ho sperato in qualche buona notizia. C'era una lite tra Berlusconi e Veltroni esattamente uguale alle quindici precedenti. Poi c'erano tutti gli indici Mibtel, Nasdaq, e le novità degli amori Vip in Costa Smeralda, il calciomercato e la moda inverno-inverno. Non una parola sull'aria, sugli oceani, sul mio febbrile e alluvionato futuro. Perciò ho deciso di farla finita. Sono andata in riva al mare e ho camminato nell'acqua, aspettando che le onde mi sommergessero. Sfortunatamente il mare era ghiacciato. Vorrei sapere che cosa ne pensa il dottor Norman, ma non riesce ancora ad aprire la bocca. Mi sono sdraiata sulla sabbia e ho pensato: come pretendete che facciamo due settimane di vacanze intelligenti se vi comportate da stupidi tutto il resto dell'anno? Ho contato le stelle. Erano due, tra nuvole nere e vapori di petrolio. Poi mi sono addormentata tutta agitata pensando: beati quelli che han paura degli scippi.

21.
Scandalo all'hotel Nasturzio

Sapete tutto sulle vacanze dei Vip, razza eletta che occupa palinsesti e paginoni nell'estate dell'informazione. Più rari sono i pettegolezzi e le indiscrezioni sulla vita dei Nip (Non important person) vale a dire quei cinquanta milioni di italiani, carne da Auditel e da sondaggio, che non vivono nel paradiso Vip. I Nip, pur adorando i Vip, sono molto diversi da questi ultimi. I Nip, ad esempio, sanno quasi tutti fare qualcosa, mentre è noto che nella maggioranza dei casi per diventare Vip è indispensabile non saper fare niente. Ma anche i Nip vanno in vacanza, hanno i loro segreti, si incontrano, flirtano, inventano mode. Per voi, ecco la cronaca mondana dei Nip.

Sulle spiagge Nip fioriscono le mode Nip. Quest'anno, ad esempio, va fortissimo il body-icecreaming, originale connubio tra stilismo, moda e golosità. Quando il capofamiglia fa la fila per comprare il gelato al parentado, in questi giorni di pienone passa sempre un po' di tempo tra l'acquisto, il pagamento e la consegna. Nel frattempo il gelato passa dalla fase freddo-compatta a una fase tiepido-viscosa, e in questa insidiosa condizione il cono viene distribuito al nucleo familiare. Dopo pochi secondi di camminata nel caldo ferragostano la fase tiepido-viscosa evolve nella fase liquido-brodosa e poi schizzo-eruttiva, e il gelato inizia a colare sugli abiti del fruitore e di chiunque transiti nei paraggi.

Notata ad esempio sul viale dei Nip a Cattolica la famiglia Pederioli, ramo new economy, nel senso che sono di nuovo tutti disoccupati. Papà Pederioli sfilava con una camicia bianca hawaiana da schizzi di mango e zabaione. Mamma Piera sfoggiava un lamé giaguarato da patacche gianduia. Il piccolo Anselmo lanciava il suo personalissimo look, una maglietta bianca ornata da un disegno astratto color puffo, limone e nerofumo, con zone in rilievo. (Per ottenere questo clamoroso effetto il ragazzino fa cadere tre o quattro volte il gelato per terra, raccogliendolo denso di effetti speciali quali segatura, terriccio e gomme americane masticate.)

Molto di moda sono anche il collarino bianco post-tamponamento autostradale e il sandalo da gladiatore che con la calura si scioglie e svelle bistecche d'asfalto a ogni passo.

Per i più giovani, va forte la maglia da calcio con nome del campione preferito e soprattutto la zeppa Stelvio. Questa calzatura è usata da ragazzine Nip sui tredici anni scontente della propria statura, che esse vorrebbero pari a quella delle loro idolesse Vip. La zeppa è alta dal mezzo metro in su e ci si sale in tre modi: a) con una scaletta a pioli; b) con un balzo come quando si sale a cavallo; c) calzandola da sdraiati e poi facendosi verticalizzare dagli amici. Una volta indossata la zeppa Stelvio, con un po' di allenamento, consente di fare tutto, dal ballare al baciare ragazzi alti un metro e novanta, si può persino andare al gabinetto con l'aiuto di un piccone da roccia per rialzarsi. Purtroppo la zeppa non consente di scendere da soli. Bisogna quindi, con l'apposito telefonino, chiamare gli amici per farsi aiutare. Alcune zeppe contengono un meccanismo autodistruggente, esplodono da sole ed è quindi possibile scendere al volo.

La zeppa più celebre dell'estate è stata indossata da Pierina F., commessa di Varese, che è entrata in discoteca pagando un solo biglietto su due zeppe fatte dal padre falegname. Dentro le zeppe si erano abilmente nascoste le sue sei sorelle. Scoperte, le ragazze sono state espulse dalla discoteca e col legno della zeppa sequestrata verrà costruita una scuola.

* * *

Un clamoroso scandalo ha sconvolto l'hotel Nasturzio, una delle più esclusive pensioni Nip della riviera.

Il pensionato Aldo T. è stato visto spiare col binocolo nella camera di fronte dove Amelia S., prosperosa infermiera padana, stava cospargendosi di crema doposole per un totale di sedici metri quadrati. Il marito di Amelia, Giovanni, ha scoperto il vile guardone e, essendo ex-campione regionale di bocce, ha estratto il set da spiaggia, ha tirato e ha bocciato in fronte il pensionato da una distanza di dieci metri. Contemporaneamente al piano di sotto scoppiava una rissa tra i figli delle due famiglie che cercavano di giocare a ping-pong in trentasei allo stesso tavolo, quando è noto che al massimo si riesce a giocare in diciotto. Nella confusione che ne è seguita è sparita la bottiglia di minerale mezza piena che era al tavolo della famiglia S. I carabinieri stanno indagando.

Grande festa al Poporipò, il locale dove tutto si può, per l'elezione di miss Tropici. Erano assolutamente obbligatori vestito esotico e musica sudamericana. Tra le signore Nip più ammirate la fornaia Vanessa, con un gonnellino di banane e il figlio Filippo, detto Pipinho, con un pannolone ricavato da un cocomero. Al suo fianco il marito Luigi, vincitore per tre anni consecutivi della gara di rutti dell'albergo, secondo alcuni esibiva al collo un tatuaggio tribale, secondo altri non si era lavato. La giuria era presieduta dal poeta ultrà Tamarazzo, autore del famoso coro "Bianconero son davvero". Sono state esaminate numerose concorrenti che si sono esibite in mambi, lambade e nella famosa "banana" mimata. Al termine, il signor Vladimiro, manovale, si è esibito in uno strip maschile al suono di "Quando calienta el sol". Purtroppo, al momento di togliersi i pantaloni, è stato colto dal colpo della strega e portato via in posizione fetale. Si è poi svolta una tombola a porte chiuse in cui pare siano state giocate e perse ingenti somme. Al termine il signor Luigi, deluso per aver più volte sfiorato la cinquina, ha tentato il suicidio buttandosi nella piscina dell'albergo.

Essendo la piscina un ciambellone profondo venti centimetri, se l'è cavata con lievi escoriazioni al naso.

* * *

È purtroppo finita la storia d'amore Nip dell'estate tra Francesco, il meccanico di motorini famoso per essere il sosia di Brad Pitt quando indossa il casco e la bellissima Armida, bagnina del bagno Azzorre, centosessanta salvataggi ogni estate di cui solo tre senza simulazione del bagnante. Che ci fosse crisi tra i due era sospettabile dai pettegolezzi della farmacista Lina, nota commentatrice mondana, che aveva rilevato un calo nell'indice Mibtel dell'acquisto di profilattici. Ma tutto è precipitato dopo una scenata al ristorante pizzeria Belmare. Francesco non ha gradito le attenzioni che il pizzaiolo Walter, detto il Raoul Bova dell'origano, rivolgeva alla bella Armida. Tra queste, una pizza tre volte più grande del normale con la scritta in carciofini "Io per te farebbi qualunque cosa". L'improvviso ritrovamento del reggiseno di Armida dentro la pizza di un turista tedesco è stata la goccia che ha fatto traboccare il vaso. È scoppiata una rissa per la gioia del paparazzo Silverio della "Voce dell'Alga" che ha scattato foto a ripetizione, con lo sfondo di un Pikachu gigante. Anche se tutti sono tristi per la fine del grande amore Nip dell'estate, i protagonisti hanno rilasciato dichiarazioni ottimiste. Il meccanico Francesco ha detto che, con l'aiuto di un amico svizzero, spera di poter avviare un'attività di contrabbando di capitali in proprio. Armida ha detto che approfitterà della sua nuova libertà per prendere lezioni di inglese e tentare la strada del cinema, che oltretutto è proprio vicino a casa sua. In serata ha subito ricevuto un telegramma d'incoraggiamento da Veltroni.

* * *

Abbiamo chiesto a Birollo, noto personaggio della vita notturna Nip, spacciatore di ecstasy e organizzatore di corse notturne sulla circonvallazione, quali sono le mode Nip dell'estate. Birollo ha detto che il gavettone è out, e così i fuochi artificiali e l'aquilone. Di gran moda invece fare l'aerobica sulla spiaggia, picchiare gli extracomunitari e andare ai duecento sul lungomare. Molto trendy lo zampirone, out la citronella. Out il sex-party sulla spiaggia, meglio lo stupro di gruppo. Out abbandonare i cani ai lati della strada, meglio affogarli direttamente. Per queste sue simpatiche provocazioni Birollo è talmente noto che è incerto se aprire un locale da ballo o farsi dare cento miliardi da Berlusconi per fare un giornale.

* * *

Ma la vera vacanza Nip è per chi resta in città. Tutti i servizi sono assicurati. File di vecchietti si recano al Pronto soccorso per avere la soddisfazione di riuscire a farsi fasciare un dito. Per un giorno finalmente i cittadini maschi possono visitare senza ressa i loro monumenti preferiti: il campo da calcio, le concessionarie d'auto e le puttane sui viali.

Per finire, buone notizie dall'Italia, il più grande autoscontro del mondo. Il signor Giorgio G., cappottando sull'autostrada, ha vinto un premio per il decimillesimo incidente del mese. Il premio consiste in un arto artificiale a scelta. Risolto anche il problema dei camion pericolosi. Verrà tolto dal rimorchio il cartello della velocità massima, così almeno si crepa ma non ci prendono per il culo.

Ultima buona notizia. Il bimbo Adelmo G., di nove anni, ha vinto il primo premio al concorso "Castelli di sabbia" con una somigliantissima scultura dei genitori, ritratti sdraiati a grandezza naturale. La bella notizia non è ancora pervenuta ai genitori, che sono spariti misteriosamente da due giorni.

22.
Estate in città

Caldo, negozi chiusi, smog, non sono i peggiori nemici dell'estate in città. Sono in agguato insidie da cui non è facile difendersi. Eccone un elenco.

Il tossicopolare. Essere che ha sviluppato una dipendenza all'aria condizionata, tale da temere che un solo istante di esposizione al caldo possa incenerirlo. Obbliga i suoi colleghi di ufficio a vivere sottozero e indossare cappotti. Dopo il lavoro balza dentro la sua auto, riconoscibile dai ghiaccioli sul volante. Appena dentro casa, accende una bufera di climatizzatori che schianterebbe un eschimese. Non va al ristorante se non è sicuro di potersi sedere vicino al getto d'aria fredda, mangia solo mozzarella appena uscita dal freezer tagliandola col piccone. A volte lo si può trovare raggomitolato nel cassone dei gelati. Di notte costringe la moglie a dormire nel sacco a pelo sotto un cannone che spara neve artificiale. Si è liberato dalle zanzare ma talvolta nel sonno viene morsicato da un tricheco. Il suo motto preferito è: "Che estate di merda, ci sono quaranta gradi e io ho sempre il raffreddore".

Il lavatore d'auto. Uomo in mutande che, in mezzo alla strada, ogni notte, lava la sua macchina in una pozza di schiuma e detersivo larga anche duecento metri. Inutile fargli notare che l'auto è più che pulita. Vi sorriderà tristemente e tornerà alla sua ossessione. Se volete farlo felice, vomitategli sul parabrezza.

Il calabrone della notte. Alle tre di notte, quando dopo molti tentativi siete riusciti a prendere sonno, sotto la vostra finestra passa questo essere maligno, a bordo di un veicolo che emette un rumore senza paragoni nella scala cacofonica universale. È qualcosa che sta tra una sega elettrica, una zanzara gigante e la colica di una Formula uno. Il rumore inizia da chilometri di distanza e si spegne all'alba. Nessuno è mai riuscito a vedere chi sia il terribile calabrone della notte. Si favoleggia di un vecchietto su un minuscolo motorino. Blocchi stradali e agguati non hanno dato alcun esito.

La sfilata. D'estate, la città è invasa da sciami di Manifestazioni. Sui viali c'è la maratonina, sul lungomare il Festivalbar, nel chiostro cinquecentesco un dibattito sul premio Strega, durante il quale anche i sarcofagi sbadigliano. Ma la peggior disgrazia è scoprire che la vostra passeggiata è bloccata da una Sfilata. Modelle beccheggianti e ramboidi in bermuda hanno occupato militarmente la piazza davanti a un parterre di Vip rintronati. Non avvicinatevi, o dovrete subire il selvaggio assalto dei Dolci e dei Gabbani, molto più invadenti di un vù cumprà. Non contenti di aver invaso gli studi televisivi, sfilano in stazioni, scalinate, darsene, morgue, spacciando la ripetitività per scuola, le zip aperte per trasgressione, il griffaggio di profumi e accendini per creatività. Nessun angolo della città sfugge a questi ambulanti miliardari, telepresentati dal Pippone e dalla Pippona di turno in un ininterrotto spot ossequioso. Sono parate militari del banale elevato a potenza, scopiazzature di quadri e costumi antichi, versioni impellicciate e pralinate della sagra paesana e della processione del Santo, senza il miracolo di un attimo di spontaneità, e con la carica sexy di una polleria. Anche se Naomi divora chilometri come una marciatrice russa, e gli stilisti spendono miliardi di pubblicità e organizzano feste lussuose per trovare nuovi complici, il magazzino delle idee è vuoto. Se passate vicino a una sfilata, sfilate via.

Il sordo del televisore. Signore che tiene la finestra aperta e il volume del televisore a livello di concerto rock. Tutta la zona viene svegliata alle sette di mattina dalla sigla delle Tartarughe ninja. Costringe i condomini a vedere tutti lo stesso telegiornale, perché il suo audio annichilisce gli altri. Guarda tutto, compreso il Dipartimento Scuola Educazione alle quattro di notte, e se gli abitate vicino potrete diventare geometri in un mese. A volte aggiunge al televisore un giradischi a pieno volume. Dalle finestre contigue arrivano lanci di pentole, frecce e bestemmie, ma non c'è niente da fare. Non si può chiamare la polizia perché l'agente vi risponderà "mi dispiace signora, ma se non abbassa quel televisore non capisco una parola". Non si può suonare al campanello, né telefonargli perché non sente il trillo. L'unico modo per fermarlo è scalare la parete della casa ed entrare dalla finestra. Lo troverete addormentato e vi confesserà candidamente che lui la televisione non la guarda mai, la tiene accesa perché gli fa compagnia.

L'annaffiatore. Entità superiore, che da altezza misteriosa fa precipitare in continuazione getti d'acqua sui passanti. Giorno e notte, il rumore della sua cascatella risuona nel silenzio della strada. Si ignora quale tipo di foresta tropicale o avido baobab debba annaffiare in continuazione. Se siete colpiti dal getto, inutile guardare in su, l'annaffiatore misterioso è invisibile, tutt'al più potrete veder tremolare qualche geranio. Se gli gridate di star attento, smette per due minuti, e poi lo stillicidio riprende. Se lo insultate, molla giù annaffiatoi, bulbi e, in qualche caso, vasi di oleandri da un quintale.

La pallottola vagante. Succede sempre più spesso che, nel corso di sparatorie tra bande camorriste, qualche cittadino venga colpito. È un gaio far west di pistoleri strabici sempre più spavaldi e numerosi, a riprova che queste organizzazioni stanno riprendendo il dominio del territorio. Perciò, per chi vuol rischiosamente passeggiare, segnaliamo i capi più "in" dell'estate. Per lei, la tuta antiproiettile stile pompierone che fa tanto Sigourney Weaver in *Alien*. Per lui, la canottiera in lamiera e il giubbotto verde corazzato alla Bossi, con auricolare per accordarsi sul voto col Polo. Per i giovani la maglietta con la scritta "I remember mafia", un bel concertone in piazza e l'assicurazione che il ritorno della camorra si inquadra nel generale revival degli anni Sessanta. L'unico vero problema sono i seicentomila kalashnikov camorristi. Perché questa crisi dei fucili made in Italy?

23.
Afa

È l'estate più calda degli ultimi seicento anni, da quando nel 1398 Gian Galeazzo Visconti dichiarò per la prima volta che i Canadair erano pochi e insufficienti. Ecco la situazione nei commenti dei maggiori notiziari televisivi.

CNN

Il presidente Clinton si è detto stupito e preoccupato per l'ondata di caldo che si è abbattuta sul Texas, dove i campi di mais crepitano sparando popcorn e il governatore ha consigliato alla gente di non uscir di casa se non per assolute necessità come comprar medicine o andare a vedere una condanna a morte. Parlando ai giornalisti Clinton ha detto: "Abbiamo sempre esportato l'inquinamento all'estero, gareggiato in esplosioni nucleari con la Russia, deforestato con le nostre multinazionali, riempito di basi militari e armi chimiche il Mediterraneo. Dio è sempre stato al nostro fianco, colpendo in preferenza zone come l'Africa, il Bangladesh o la Nuova Guinea. Ma ora l'inquinamento ci ricade addosso. Questo è inaccettabile per una grande democrazia. Ho creato a tale proposito una commissione Anti-afa con i migliori esperti del settore, e il fatto che comprenda anche miss Florida e miss Michigan, è soltanto perché voglio che tutti gli Stati dell'Unione siano rappresentati. Verranno presi provvedimenti perché il caldo venga distribuito nei paesi alleati. Il fedele governo italiano si è già detto disposto a ospitare a Roma tutti i bocchettoni di uscita dei condizionatori di Washington. Ma se questa ondata di caldo continuerà, sappia il Responsabile, lassù, che gli faremo fare la fine di altri che si credevano onnipotenti. Prenderemo ogni tipo di provvedimento, dall'embargo dei sermoni all'abbattimento di ogni angelo che sorvolerà il cielo americano.

RETEQUATTRO

Un'area di alta pressione dalla Spagna si avvicina provocatoriamente al Nord Italia, con particolare accanimento persecutorio nella zona di Arcore dove si prevedono afa e umidità. Nel Sud potrebbero verificarsi episodi isolati come brevi piogge o attimi di intelligenza di Micciché. Venti: moderati come noi. Le temperature andranno da una minima di ventuno, la popolarità di Prodi, alla massima di quarantotto, la percentuale di italiani che pensano che la corruzione tra maschi eterosessuali sani non è reato. L'ondata di alte temperature dovrebbe durare fino a settembre, quando un'apposita commissione dovrebbe rimuovere gli effetti del nino, del tonino e del borrellho.

RAIUNO

Una vasta area di bel tempo avvolge l'Europa di cui facciamo parte grazie al governo Prodi. In Italia, temperature in gradevole aumento nel Nord, dove il termometro segna più quaranta a Milano e più uno in Borsa. Nel Centro Italia in aumento le precipitazioni, che nei pressi di qualche cavalcavia potranno assumere carattere pietroso. Nel Sud previste grandinate di botte sui dimostranti. Venti: moderati come noi. Alcuni consigli per difendersi dal caldo: bevete molto, uscite di casa solo per pagare l'Ici, legate il nonno davanti al televisore e comprate ai vostri bambini "Sociology", il videogioco dove il piccolo protagonista, tutte le volte che lo ammazzano, può scegliere fra trenta articoli di esperti che gli spiegano perché.

TELEPADANIA

Su tutto il Nord-Est la canicola centralista proveniente dall'Africa non impedirà ai padani di lavorare. La temperatura andrà da una minima di meno trenta nei freezer dell'ortomercato di Bergamo a una massima di cinquantadue nella polenta della signora Ghedin di Treviso. Nel Sud la città più calda sarà Mestre. Mari: lievemente ondoso il lago di Como. Venti: vigorosa e sempre dritta la Tramontana, viscido e molliccio lo Scirocco.

TELEGALASSIA

Telespettatori del cosmo, qui è il vostro inviato Xartyxu Karbankroozipal con un sensazionale scoop dalla lontana Via Lattea. In questa zona, occupata per metà dal sistema solare e per metà dagli investimenti immobiliari della moglie di Dini, c'è un pianetino chiamato Terra. Questo pianeta ha modificato il suo clima e se ne sta accorgendo solo adesso. Già alcuni dei nostri esploratori avevano notato questo straordinario caso, ma pensavano che si ripetesse il caso di Juvenus. Juvenus è una formazione di undici pianeti gemelli, più quattro in panchina. Gli abitanti, una volta rovinata l'aria e l'acqua di un pianeta, ogni diecimila anni si spostano su un altro. Ma la Terra, badate bene, è una sola, e non sono stati preparati piani di evacuazione. A tal proposito il vostro inviato è sceso sulla Terra per chiedere cosa ne pensano gli abitanti. Il primo intervistato, tale Koko, della specie terrestre detta "gorilla", quando gli ho chiesto se ultimamente per lui il clima era un po' cambiato, si è terribilmente arrabbiato, perché vive in uno zoo di Oslo. Il secondo intervistato, Cofferati, mi ha spiegato che quando il clima politico è caldo, i gelati e i disoccupati vanno subito messi in freezer. Il terzo intervistato, Antonio Zichichi, si è dimostrato ciarliero ma totalmente incompetente. Il quarto, tale Franco Cavasin agricoltore, si è rivelato più esperto, ma ha perso interesse al dialogo quando gli ho detto che sul nostro pianeta non diamo contributi Cee. Il quinto, tale Steven Spielberg, mi ha catturato con una rete, fotografato più volte e chiuso in una cassaforte da cui sono fuggito solo grazie al mio Troop spaccamuri. Il sesto, tale Carrà Raffaella, si è detto disposto, chissà perché, a pagare un viaggio completo sulla Terra alle mie dodici mogli, ma ha perso interesse quando le ho detto da che parte del corpo piangiamo noi galattici. Ne ho dedotto che i terrestri, mentre da un lato drammatizzano e si preoccupano, dall'altro mantengono le occasioni di inquinamento, e dieci multinazionali impazzite basteranno per arrostire il paese. Per questo propongo la Terra per il premio Nofuture come pianeta più a rischio dell'anno, in concorrenza con il minuscolo Frisbio, il pianetino piatto finito nelle mani di due bambini del pianeta Gigantion, e insieme a Pappais, il pianeta dove un abitante su tre mangia, però mangia gli altri due, il che sta portando a un problema alimentare considerevole. E ora, consigli per gli acquisti.

AUTUNNO

24.

Adelmo Ferrari

Grazie, Ferrari Adelmo. La Ferrari, ha vinto e siamo contenti, anche se la Formula Uno e i suoi eroi ci annoiano mortalmente. Ci annoia Schumacher, l'uomo dalla mandibola carenata che guadagna dieci milioni al minuto, cioè un milione ad ogni inspirazione di benzina, è l'unico al mondo col rimborso spese per l'inquinamento. Ci annoia Luca di Montezemolo, il fighetto col ciuffo che arraffa presidenze e soldi ovunque, il Berlusconcino del futuro. Ci annoiano le gomme con la mescola dura, con la mescola molle, coi foruncoli da pioggia e con l'eritema da sole. Ci annoia questa storia che "i piloti sono atleti": cento giri del circuito di Indianapolis sono una passeggiata in confronto a una Bologna-Firenze in agosto. Ci annoia vederli piangere e gioire agli inni nazionali e poi prendere la residenza a Montecarlo. Ci piacciono soltanto i meccanici Ferrari, perché sembrano una cooperativa di diavoli, ci piace la Minardi perché non vince mai e soprattutto ci piace Alvaro Vitali, che dopo una breve carriera nel cinema, ha saputo cambiare vita e vincere un mondiale con lo pseudonimo di Jean Todt. Ma soprattutto ci dispiace come la vittoria della Ferrari abbia fatto passare sotto silenzio un evento molto più importante: e cioè che dopo ventuno anni Adelmo Ferrari ha vinto la gara del parcheggio sotto casa. Poiché nessun giornale lo riporterà, saremo noi a raccontarne le gesta e a dire: grazie, Ferrari Adelmo.

Da ventuno anni, via Monza, alla periferia della città, è considerato il circuito più pericoloso d'Europa. La si imbocca dopo il semaforo di via Lenin, l'ultimo semaforo comunista, tredici minuti di rosso e solo quattro secondi di verde. La via è formata da quattro curve a precipizio, tra cassoni della spazzatura, buche nell'asfalto, lavori in corso e sgorghi di fogna. Si entra nella via sgommando ai cinquanta, poi si ingrana la prima alla chicane della Velda.

Nonna Velda ha ottant'anni e ogni sera si mette seduta fuori dalla porta, solo che non si è accorta che da vent'anni hanno tolto il marciapiede e sta con la sedia esattamente sulla mezzeria. Schivata nonna Velda e superata la chicane, si entra nella Curva del Pataccaro, davanti al manifesto gigante di Berlusconi, poi si toccano i sessanta all'ora sul breve rettilineo di Nerone, così detto perché vi si possono ammirare lavori in corso risalenti a epoca romana, e in controsterzo si affronta la famosa curva delle acque, o della pozzanghera Tabarroni.

Qui da vent'anni, per un problema di tombini intasati, c'è una profonda pozzanghera attraversando la quale le auto schizzano fanghiglia nel giardino di Palmiro Tabarroni, che reagisce tirando sassi, secchi d'acqua e talvolta palate di merda. Superata questa pericolosa curva si apre a tutto gas sul rettilineo dei Calabroni Pazzi, e schivando i ragazzini che vanno su una ruota sola in motorino, si arriva al traguardo, cioè all'unico parcheggio disponibile della via, uno spiazzetto tra due platani butterati. Qui, per ventuno anni è sempre arrivata prima la Mercedes grigia del fornaio Mirko Micàcchini, boss della baguette rionale, detto "Il finlandese" per la chioma bionda ossigenata. Qui, ogni mattina dopo il lavoro notturno, per ventuno anni ha cercato invano di infilarsi la Fiat Cinquecento rossa di Adelmo Ferrari, infermiere, residente proprio davanti al parcheggio. Domenica, in concomitanza col circuito di Suzuka, si è svolta l'ennesima sfida. Adelmo Ferrari, reduce dal turno di notte, è arrivato al semaforo di via Lenin alla pari con Micàcchini.

I due hanno iniziato a sgasare rumorosamente. Pioveva leggermente, e questo dava un lieve vantaggio al Ferrari, più forte sul bagnato, perché gli piove sempre dentro attraverso la capotta. Al verde i due erano appaiati. Purtroppo la partenza è il lato debole del Ferrari, che ha il cosiddetto piede a banana, che non fa presa sull'acceleratore. Ma questa volta Adelmo aveva modificato l'assetto della Cinquecento incollando un tagliere da cucina sul pedale, ed è scattato conquistando la pole position. Il bolide rosso è entrato nella chicane della Velda con tre secondi di vantaggio. Ma qua lo attendeva il primo imprevisto. Nonna Velda stava nutrendo i suoi cinquantasei gatti, che stazionavano in mezzo alla strada.

Le alternative erano: uno, sospendere la gara e chiedere la safety-car, due, deviare attraverso il giardino della Velda, tre, schiacciare tutti i gatti. Sportivamente Adelmo Ferrari sceglieva la seconda soluzione e, pur massacrando l'orto dei pomodori, rientrava sbandando in via Monza. L'antisportivo Micàcchini invece puntava dritto a tutto gas, dimezzando la dotazione di gatti, e si ritrovava in testa di sette secondi. Ma la sua slealtà veniva punita. Arrivava lungo alla pozzanghera Tabarroni, ci affondava dentro, e spegneva il motore. Purtroppo Ferrari non poteva approfittare della disgrazia, in quanto aveva danneggiato una ruota urtando un nano di gesso durante l'attraversamento del giardino. La gara era ora in mano ai due team. Il team Micàcchini, formato dal pilota e dai due fratelli. E il team Ferrari, che oltre a Adelmo comprendeva la moglie Nilde e il figlio Pompeo, piccolo grande stratega. Il team Micàcchini era indeciso tra due tattiche: succhiare con una pompa tutta l'acqua o tirar fuori l'auto a braccia. Il team Ferrari invece decideva subito. Nilde Ferrari, donna di grande potenza fisica, allenata da anni di sfoglia, avrebbe sollevato la Cinquecento, Adelmo avrebbe cambiato la gomma e Pompeo avrebbe fatto il Montezemolo, cioè non avrebbe fatto un cazzo.

Il pubblico da balconi e finestre stava col fiato sospeso, avendo compreso che in quegli istanti si decideva la gara. Il team Micàcchini cercava di portare la Mercedes in secca, ma era disturbata dal continuo lancio di secchi d'acqua arricchita alla merda da parte di Tabarroni. Inoltre c'era il dubbio se vuotare la macchina o partire carichi di settanta litri di acqua e fango. Nel team Ferrari c'era incertezza su quale gomma montare: quella da autobus rubata l'anno scorso o quella rappezzata di dieci anni prima. Pompeo optava per quella più vecchia e collaudata.

Tutto si decideva in pochi attimi: Micàcchini terminava il pit stop in centosedici bestemmie e ventitré secondi, e tornava in pista con la macchina che spandeva acqua come una cisterna. Ferrari cambiava la gomma in soli ventisei secondi ma, ahimè, ripartiva in seconda posizione. Le due auto si presentavano in questo ordine sul rettilineo finale, e tutto sembrava deciso. Ma ecco il colpo di scena. La Mercedes di Micàcchini, piena d'acqua, perde velocità e dalla marmitta, intasata di pelo di gatto, esce fumo nero. La Ferrari recupera, è a un secondo e tre decimi, quando la gomma d'antiquariato esplode. A questo punto, il capolavoro di Adelmo. Sentendo il rumore del copertone che perde aria, egli sfonda coi piedi il pavimento della Cinquecento, e unendo la spinta delle gambe al getto d'aria della gomma, decolla e sorpassa in aria la Mercedes, atterrando esattamente nel parcheggio. È la fine di un incubo durato ventun anni. Via Monza si ammanta di bandiere rosse, molti piangono. Micàcchini la prende sportivamente, prendendo Pompeo a calci in culo. Si stappa una bottiglia di moscato al metanolo, il getto verdastro sale fino a sessanta metri e irrora i tifosi festanti.

È una grande vittoria per il binomio Fiat-Ferrari, per tutta l'industria italiana e per il prestigio del nostro paese all'estero. Mentre Tabarroni si accinge a suonare l'inno di Mameli con la fisarmonica, la sorpresa. Arriva un carro attrezzi e si diffonde la ferale notizia. Poiché è venuto ad abitare nel condominio un importante assessore, il parcheggio è ora riservato alle auto blu comunali. "Dobbiamo rimuovere questa macchina", dice il vigile, con inconfondibile accento finlandese. Si incazzano anche i gatti. In via Monza scoppia la rivolta. Gli scontri sono ancora in corso. Comunque vada a finire, grazie, Ferrari.

25.
L'ultrà beneducato

Ricomincia il campionato, e dobbiamo riconoscere che il calcio italiano ha risolto molti problemi meglio della politica.

Primo, il lavoro. In almeno cinque o sei squadre, ci saranno calciatori pagati miliardi per non giocare e restare in panchina. È il più alto sussidio di disoccupazione che il mondo conosca. Secondo, la lotta alla droga. Per abbassare il numero dei drogati, basta ammorbidire i test che segnalano il doping. Semplice e geniale.

Terzo, l'immigrazione. Sono stati accolti giocatori stranieri, di ogni colore e nazionalità e passaporto falso, e a nessuno è stato negato il permesso di soggiorno.

Quattro, la giustizia. Il sorteggio degli arbitri dovrebbe eliminare ogni sospetto, ma presto qualcuno scriverà che il bimbo che estrae i numeri dall'urna è stato visto arrivare guidando una Fiat Croma. Cinque, le tasse. Cragnotti, presidente della Lazio e zar di tutte le scamorze, compra Vieri e alza il prezzo del latte. Niente inutili conteggi e moduli complicati, ci si sveglia la mattina e si paga la TSC (Tassa sul Centravanti).

Ma c'è ancora spazio per lo sport eroico e puro in questo carrozzone miliardario? Sì, c'è: vi raccontiamo la leggenda dell'ultrà buono.

C'era una volta un giovane ultrà, sapeva a memoria tutte le formazioni della sua squadra nel dopoguerra, nonché i nomi dei giocatori, la data di nascita, la marca d'auto e il nome dell'attrice preferita. Non perdeva mai una partita e sventolava gagliardamente le bandiere dal primo all'ultimo minuto. Ma aveva un difetto: era buono.

Quando si andava in trasferta, mentre i suoi amici facevano le corna alle auto avversarie e si scazzottavano per allenarsi, lui leggeva tranquillo il giornale sportivo. Gli altri avevano scritto sulla maglietta "Born to kill" e lui "Salviamo le rondini". Se incontrava i tifosi della squadra avversaria diceva sportivamente "Ehi ragazzi, speriamo che si veda del bel gioco oggi".

Quando si entrava allo stadio scortati dai carabinieri, mentre gli altri cantavano "Fossa ultrà sangue e rovina, a morte la canaglia juventina", lui ascoltava De André al walkman. Perciò le buscava da tutti. Dagli avversari, perché quando la sua squadra vinceva si avvicinava dicendo "però obiettivamente meritavate il pareggio", ed eran botte. Dai carabinieri, perché quando scoppiavano incidenti, non scappava, ma restava lì a spiegare: "Scusate agenti, ma l'aggressività dei miei amici è ampiamente motivata, in quanto se consideriamo l'arbitraggio del secondo tempo...". Ed erano manganellate. Dai compagni, perché sul pullman di ritorno, dopo una sconfitta per quattro a zero, lui si alzava in piedi e diceva "Ragazzi basta coi musi lunghi, facciamo una serena disamina della partita senza pregiudizi di parte". Ed erano scarpate in faccia.

Così l'ultrà buono, pesto e depresso, pensò di diventare cattivo. Andò a lezione nel club Fossa dei Piranhas, il cui capo era Squalo, famoso per aver picchiato un intero convento di domenicani scambiandoli per arbitri. L'ultrà buono studiò le materie fondamentali: Slogan offendente, Provocazione comparata, Kendo con la bandiera, Lancio della lattina, Teoria della razza ariana, Vita privata di calciatori e arbitri. Così, zavorrato di sampietrini e messo a conoscenza dei difetti genetici dell'etnia avversaria, partì per la prima trasferta di campionato. Appena sceso dal pullman davanti allo stadio, fu il primo ad affrontare un trio di tifosi avversari, riconoscibili dalla maglia biancorossa, e li apostrofò: "O il mio sangue o il vostro". I tre, che non erano tifosi, ma infermieri dell'Avis, lo portarono entusiasti al pulmino donatori, gli cavarono quattro litri e gli diedero un diploma.

Entrato nello stadio, prese posto vicino alla rete che separava gli ospiti dai padroni di casa. Al primo fallo di gioco balzò contro la rete insultando gli avversari e gridando al più grosso di tutti, tale Kocis, "ci vediamo fuori, bastardo!". Purtroppo, quello era l'unico punto dello stadio dove c'era un buco nella rete. Fu risucchiato dentro al settore nemico e pestato per tutto il primo tempo. Ferito ma impavido, nel secondo tempo tirò una lattina centrando un poliziotto e, di rimbalzo, il suo cane lupo.

Al pareggio della sua squadra, coniò uno slogan sulle sinergie sessuali della moglie dell'arbitro che atterrì metà dei suoi compagni e fu applaudito dall'altra metà. Appena fuori dallo stadio, bruciò festosamente due cassonetti dell'immondizia e affrontò la polizia da solo. L'agente colpito dalla lattina lo riconobbe e lo manganellò spianandolo come un petto di pollo. Il cane lupo lo bagnò per farlo riprendere, ma non di acqua. Quando il giovane si rialzò, incrociò subito Kocis, che lo picchiò prima "a zona", con pugni in varie parti del corpo, e poi "a uomo" con un calcio nelle palle. Si rialzò nuovamente barcollando. Davanti a lui c'erano una mamma e un bambino vestiti con i colori della squadra avversaria.

– Mamma è ferito, posso finirlo? – disse il piccolo

– Sì, ma attento a non sporcarti di sangue – disse la mamma.

Il piccolo sfoderò una spada "guerre stellari" frustandolo per mezz'ora, e la madre aggiunse una tacchettata in un occhio. Ma il tifoso sorrise.

Era diventato un vero ultrà. Per sua sfortuna, quel giorno allo stadio, era in azione una telecamera-spia. La sera alla Domenica Sportiva andò in onda una puntata speciale sulla violenza calcistica e le sue gesta, riproposte in decine di ralenti, occuparono metà della trasmissione. Sua madre ebbe un collasso, il padre lo diseredò, la ragazza lo lasciò, fu identificato e gli fu interdetta l'entrata allo stadio per cinque anni. Disperato, vagò tutta notte. All'alba, nei pressi di casa, venne affiancato da una limousine nera. Si buttò a terra, temendo altre botte. Ma dalla limousine uscì l'inconfondibile figura del presidente della sua squadra. Questi gli prese la testa, lo carezzò con le lacrime agli occhi e rivolto agli occupanti della macchina disse:

– Vedete, questo ragazzo ben merita il nome di eroe!

L'ultrà buono si commosse e decise di cambiar vita. Proprio questa settimana scadrà la squalifica e potrà tornare allo stadio. In questi cinque anni è maturato, si è sposato, ha trovato lavoro, veste elegantemente e non andrà in curva, ma nella tribuna centrale. Non avrà sciarpe né bandiere, solo un piccolo distintivo all'occhiello, e nella fondina sotto l'ascella una pistola. Non si sa mai, con tutti questi ultrà esagitati in giro.

26.

Ti ricordi del Kosovo? 1

(Scena: uno studio televisivo. Appare un presentatore in tuta mimetica.)

– Gentili spettatori, che la Determined force sia con voi e benvenuti a Rai Bomba, la trasmissione che vi dice tutto sulla missione umanitaria Nato in Serbia. Iniziamo con le ultime notizie dal fronte. Tenente Gruber, cosa dicono le agenzie?

– Il Pentagono ha dichiarato che l'aereo invisibile è caduto perché alla base di Aviano qualcuno s'era fregato la benzina invisibile e il pilota ha fatto il pieno d'aria. In quanto ai profughi del Kosovo e al problema di ospitarli, Clinton ha assicurato che appena finita la guerra torneranno invisibili come sono sempre stati.

– Grazie tenente. E ora facciamo il punto. Siamo alla seconda settimana di guerra e anche per noi è iniziata la fase due, vale a dire dal dramma al programma. Dopo un primo momento doloroso, dobbiamo prendere atto che tutto ciò che finisce in televisione gode di immunità spettacolare. Sappiamo già che la gente va in gita turistica ad Aviano, fa il tifo per i migliori decolli e commenta che la guerra finirebbe prima se facessero guidare un caccia a Schumacher. Su alcuni notiziari, dal conteggio dei morti stiamo già passando al menù dei piloti e una trasmissione ha già come sigla: "C'era una volta il West". Nel nostro paese, come sapete, nessuna indignazione resiste più di una settimana. Ma comunque, anche se è arruolata come attrice nel palinsesto, questa guerra è quasi vera, e quindi ne parleremo tanto, perché l'Italia è una demolalia, ovvero una democrazia della chiacchiera, si può discutere di tutto dopo che le decisioni sono state già prese. Anche oggi abbiamo un esperto sopra le parti, il colonnello Pacioni dell'istituto strategico della Difesa che farà il punto della situazione. Colonnello, la prima domanda per rassicurare i nostri telespettatori è: ci sono rischi per l'Italia?

– Evidentemente no, o perlomeno, sono rischi molto minori che affrontare il tunnel del Monte Bianco. La Serbia massacra i kosovari, e la Nato non affronta la milizia serba ma combatte dalle altezze irraggiungibili del suo paradiso tecnologico, perché la prerogativa della guerra moderna è attaccare chi non si può difendere. Perciò non esistono più i civili. Esistono gli armati e i disarmati. Ma i cittadini di Belgrado e del Kosovo sono i soldati più soldati di tutti, perché la guerra non si potrebbe fare senza di loro. La guerra chirurgica Nato si può fare solo se il malato non risponde al bisturi e sgozzare una donna è più facile che affrontare l'esercito albanese. Se la Serbia attaccasse le nostre basi in Italia commetterebbe un errore tattico e una grossolanità fuori moda.

– Quindi possiamo prenotare le nostre vacanze in Adriatico?

– Dipende da Milosevic. Prima di partire, magari, fategli una telefonata.

– Molto bene. Quello che vedete scorrere in sovraimpressione è il numero di telefono di Milosevic. Ora siamo collegati con l'onorevole Folena, il giovane cervello diessino nato da un incrocio tra Fonzie e D'Alema. Egli ci parlerà della posizione del governo. Onorevole, buongiorno.

– Buongiorno. Allora, il governo ha preso una posizione chiara e precisa, precisamente la 126 del Kamasutra politico, la cosiddetta posizione Upapad-asana, ovverosia "te lo metto un po' ma forse no". Bisogna trattare bombardando e bombardare trattando. Gli italiani hanno ottenuto di poter apporre su ogni missile la scritta "attenzione, potrebbe nuocere gravemente alla vostra salute". Ma i piloti italiani terrannno una posizione ancora più strategica. Voleranno all'indietro, così nessuno potrà dire che puntano sulla Serbia, e ogni quattro bombe sganceranno una cassetta di cerotti. Inoltre, tutti i soldati italiani delle basi Nato hanno l'ordine di tenere una mano dietro la schiena per far capire che collaborano a metà. Nel caso dovessero usare il fucile, lo faranno in coppia. È complicato, ma la politica innovativa della sinistra esige sacrifici.

– Ma questo è condiviso da Clinton e da Blair?

– Certo. Sono entusiasti, proprio ieri abbiamo ricevuto l'invito per una riunione segreta in una baita di montagna, ci si arriva solo in funivia, come al Cermis. E basta con questa leggenda che Blair è servo di Clinton. Proprio ieri si è rifiutato di portargli fuori il cane a Washington. Gli ha detto, o me lo spedisci qui a Londra, o niente.

– Molto bene. Ora vi mostriamo le immagini della Tv serba sui feriti negli ospedali. Sono più o meno uguali a quelle irachene, certo gli operatori jugoslavi non hanno molta fantasia, ci scusiamo coi telespettatori se sono sempre le stesse. E adesso, poiché dicono che facciamo parlare troppi guerrafondai e pochissimi critici, vi smentiamo collegandoci col generale Clark, capo delle forze Nato. Buonasera, generale Clark.

– Kent. Il mio nome completo è Clark Kent. Se lo ricordi e si tagli quei capelli.

– Signorsì. Allora può dirci quali sono i risultati dell'operazione umanitaria di stanotte?

– Ho qui le lastre a infrarossi. Sono state colpite raffinerie, aeroporti, caserme e un'ulcera peptica.

– Prego?

– Per errore in mezzo alle foto è finita anche una mia radiografia. Tanto, cosa ci capisce la gente quando mostriamo queste foto tutte nere?

– Grazie, generale Kent. E ora passiamo al dibattito. Abbiamo il ministro della Difesa italiana Risiko Luttwak, in collegamento da Washington, e il generale di aviazione Buonapace, che è anche il più grande collezionista italiano di soldatini e ha portato qui un plastico di ventisei metri raffigurante la situazione in Jugoslavia. Prego i cameramen di muoversi con cautela per non pestare i sioux e gli ussari. Il generale ha democraticamente accettato di rispondere in diretta alle domande degli italiani. Di chi è la prima telefonata?

– Sono la signora Bruni di Massa Carrara. Io dovrei andare al mare a Grosseto da mio cugino. Posso viaggiare tranquilla?

– Direi sicuramente di sì, signora, la gittata long-range dei missili serbi in uno shark attack a medio raggio non ha la capacità operativa di obliterare un target situato a longitudine 11 quale lei mi indica.

– Ma lei non crede che un Mig entrando con angolo di volo 540 potrebbe aggirare la radar fence di costa Nato e tentare di lanciare un trans-country attack su un target ad alto profilo quale ad esempio la panetteria sotto casa di mio cugino?

– Dipende da Milosevic.

– Grazie alla signora e al generale che, vi ricordiamo, usa il telefono del nostro sponsor, il Telecom Wartime, il portatile più usato dai corrispondenti di guerra, funziona anche in un bunker e avete uno sconto su tutte le telefonate al Pentagono. E ora le ultime notizie. Tenente Gruber, cosa dicono le agenzie?

– Il presidente russo Boris Eltsin cadendo dalle scale ha detto che gli Stati Uniti dovranno assolutamente rendere conto dell'aggressione contro la Serbia. Infatti, il conto del prestito monetario occidentale sarà aumentato del quattordici per cento di Ivanka, l'Iva russa. Un'altra agenzia: il vice ministro della Difesa Scognamiglio ha dichiarato che lo spazio aereo italiano è molto ben protetto, anche perché ormai consiste in cinquanta metri quadri tra le rotte di guerra Usa, e per difenderlo basta un carabiniere su un seggiolone da bagnino.

– Queste sono buone notizie ma ce ne sono altre. Luciano Pavarotti ha già organizzato Italy for Serbia, concerto che si svolgerà a Belgrado nel gennaio del Duemila. Già previsti gli U2, Celine Dion e tutti i cantanti di Sanremo. Cecchi Gori farà un film contro l'imperialismo americano interamente finanziato dagli americani per il mercato americano. È una vera gara di solidarietà. Ma come sapete, per le leggi sulla par condicio televisiva, non possiamo stare un'ora senza parlare di moda. E allora ecco qua gli stilisti Marco e Sterlina a cui chiedo: qual è la differenza di stile tra la guerra irachena e quella serba?

– Be', la guerra irachena era più etno, più Mille e una Notte, e poi era un premier cri, qua siamo già nel déja vu, nella citazione. Il look Cnn, così casual e unisex, non va più. Se dovessi dare un consiglio ai giornalisti consiglierei le tinte blu perché il kaki fuori dal deserto fa tanto "voglio-ma-non posso".

– E quale modella farebbe sfilare sullo sfondo di questa guerra?

– Be', ovviamente l'Iraq era esotico, andava bene la Naomi. Qua c'è un'aria slava un po' veterosoviet, direi l'Herzigova con un cappottone retro alla Breznev, oppure ironicamente una Lewinsky in zibellino, ma senza troppo trucco se no mi fa Moira Orfei.

– Siamo certi che queste notizie possono rassicurare gli italiani. Caporale Cucuzza, abbiamo altre notizie?

– Sì, il presidente Clinton alla domanda se sarebbe favorevole a una missione di Kofi Annan in Serbia ha chiesto: chi è questo Annan? Ha poi aggiunto che in termini di pulizia etnica gli Usa non accettano consigli da nessuno perché hanno già una grande esperienza coi pellirosse. C'è da registrare una decisa presa di posizione di Prodi che ha ribadito l'assoluta autonomia della politica europea da quella americana. "Rifiutiamo" ha detto "che nella base di Aviano le tagliatelle siano usate come contorno." Poi c'è la seguente dichiarazione di Berlusconi: "L'operazione contro la Serbia è necessaria per salvare gli innocenti profughi del Kosovo, ma non dimentichiamo il problema della microcriminalità a Milano che è in mano a bande sanguinarie di albanesi che non si sa da dove vengano".

– Un'analisi molto lucida. E ora abbiamo finalmente un ospite civile, e cioè l'ammiraglio in pensione Pacifici, già comandante in capo della squadra navale adriatica e grande cuoco di gamberoni. Signor generale, a cosa serve questa operazione?

– A niente. Soltanto a confermare che le decisioni non sono più prese dai governi, ma dalle lobby finanziarie e militari, dai mercanti d'armi e dai servizi segreti. Nei prossimi anni vedremo altre guerre Nato come questa, perché la politica non esiste più, è ridotta a una sfilata di maggiordomi, e l'opinione pubblica conta meno che nel paleolitico. Saremo o bombardati o spettatori di bombardamenti. Vorrei farvi presente che la produzione di armi ha subìto una tale accelerazione che se non si facessero guerre per un anno intero, tutto il sistema economico potrebbe crollare. Come vedete, le borse finanziarie non sono troppo spaventate dalla guerra.

– Ehm... credo sia il momento di uno stacco pubblicitario.

– Vorrei aggiungere che dato che a Milosevic, proprio come a Saddam, non frega nulla del suo popolo, potrà uscire solo rafforzato da una strage, e che sul Cermis abbiamo calato le braghe proprio come le abbiamo calate sul ruolo della Cia in Italia negli anni Sessanta, e se parlate di antiamericanismo, perché non parlate anche di un certo clima di maccartismo, e inoltre vorrei sapere che fine ha fatto Ocalan, e l'inchiesta su Ilaria Alpi, e l'Algeria e...

– Generale, si calmi, non siamo al processo del lunedì, questa è solo una guerra. Ci scusiamo coi telespettatori, ma il generale Pacifici, recentemente, ha avuto un forte esaurimento nervoso. Alla notizia che le donne potranno fare i militari è salito sul tetto della caserma urlando "Ma come, proprio adesso che vado in pensione?".

– Come militare e come cittadino vorrei dire che una democrazia che rende conto ai militari invece che ai cittadini è una farsa di democrazia, un serial di chiacchiere alimentato dalle stesse facce in guerra e in pace. E in quanto alla proposta di D'Alema di far bombardare solo gli aerei con le targhe dispari, vorrei dire... (Esplode, centrato da un piccolo missile.)

– Come vedete, è arrivata la smentita della Nato. E adesso, un breve spot e poi riprenderemo col seguente dibattito: l'Italia è veramente al sicuro? Parteciperanno la banda dei bersaglieri Lamarmora, l'onorevole Casini, Max Biaggi e Anna Falchi che racconteranno barzellette da caserma e naturalmente Pannella, Minniti, Gasparri, Fonzie Folena e Risiko Luttwak. Coraggio telespettatori, il settimo giorno di indignazione sta per scadere e siamo quasi guariti. Abituiamoci a questa guerra, e le prossime ci turberanno ancora meno. Che la Determined force sia con voi.

27.

Ti ricordi del Kosovo? 2

Il presidente Bill Clinton ha inviato agli alleati il "Sixteen Tons", un regolamento di guerra in sedici punti, operativo su tutto il territorio nazionale americano da Seattle a Taranto.

1. I bombardamenti non cesseranno finché tutta l'Europa non si sarà arresa.

2. Non ci convince questa proposta di tregua, né l'uovo di Pasqua di sessanta metri depositato stamattina davanti alla Casa Bianca. Accetteremo come segno di resa le seguenti tre condizioni: a) la morte di Milosevic; b) una dichiarazione di resa firmata di suo pugno da Milosevic davanti a testimoni dopo la sua morte; c) la scomparsa di Belgrado dagli schermi radar.

3. In tutto il territorio italiano ogni spazio superiore a cento metri quadrati sarà considerato d'ora in poi base Nato, con la sola eccezione dei campi di calcio di serie A.

4. È proibito diffondere notizie false e tendenziose sulle perdite americane. Su novantasei aerei partiti ieri da Aviano ne sono tornati alla base novantanove. Ci abbiamo messo un po' di tempo a capire che c'erano anche tre Mig. Nessun aereo invisibile è mai stato abbattuto, come dimostra questa fotografia dell'hangar regolarmente vuoto.

5. È proibito diffondere notizie false e tendenziose sulla morte di civili in Serbia. Si ricorda agli organi competenti che ci siamo già scusati per la morte di civili, dovuta

quasi sempre a errori tecnici indipendenti dalla nostra volontà, e se proseguisse ancora la lamentela nazipacifista-papalino-stalinista, ricordiamo che in Usa vige la pena di morte, e noi siamo liberi di esportare quello che vogliamo. Continueremo a colpire duramente gli obiettivi militari mascherati da strutture civili, quali ad esempio il Luna Park di Belgrado dove abbiamo contato ben cinquanta tiri a segno. Colpiremo con particolare accanimento le cittadine dove c'è stata opposizione a Milosevic, come ad esempio Nis, perché così imparano a complicarci la vita.

6. Il Kosovo una volta liberato diventerà anche lui base Nato, per garantire la sicurezza agli abitanti. I kosovari verranno comodamente installati in zone chiuse dette "riserve" che abbiamo già sperimentato con successo per difendere i valori occidentali dal minaccioso espansionismo dell'etnia pellerossa.

7. Si sconsiglia vivamente da parte degli alleati l'impiego di truppe militari per usi civili quali l'assistenza ai profughi, in quanto questa attività produrrebbe in loro una pericolosa sensazione di generosità e utilità contraria a un virile spirito bellico. Comunque, da parte degli Stati Uniti, verranno istituiti grandi centri di raccolta e mensa. Essi verranno segnalati da una grande Emme rossa, e i profughi potranno avere gli hamburger con lo sconto del 60%. Sono allo studio anche distributori di Coca-Cola corazzati perché i bambini kosovari non li scassinino.

8. Per evitare pericolosi tentennamenti e decisioni avventate, il presidente del Consiglio D'Alema verrà affiancato da due consiglieri militari in divisa, ma non avrà limitazioni alla sua attività politica. Dovrà solo rientrare in caserma entro le undici e avrà l'obbligo della tuta mimetica.

9. Ora che Determined force è una bella realtà, per evitare pericolosi rilassamenti nel morale delle truppe, stiamo preparandoci al prossimo intervento. Abbiamo letto su un giornale questa spaventosa notizia: "Quest'estate gli italiani invaderanno la riviera adriatica". Siamo pronti a bombardare Milano e a intervenire in favore dei nostri fratelli romagnoli.

10. Per evitare un sovrappiù di attività organizzativa e politica che distrarrebbe l'Italia dai suoi compiti militari, l'elezione del presidente della Repubblica è sospesa. Assumo con grande senso di responsabilità il ruolo di presidente della Repubblica italiana. Scalfaro, prima di essere lanciato col paracadute, si è dichiarato completamente d'accordo.

11. In tutti i casi i bombardamenti non si fermeranno. Lo so che l'ho già detto, ma quando lo dico mi eccito.

12. Rilanceremo il ruolo dell'Onu. La sede verrà trasferita a Disneyland. Non terremo chiuso nessun canale diplomatico. La nostra ambasciata di Anchorage in Alaska è a disposizione di tutti i cittadini serbi che volessero fare proposte.

13. È istituita la speciale commissione Video di guerra. Secondo questa commissione i morti saranno divisi in tre categorie: a) uccisi dal nemico, b) militari uccisi da noi, c) civili uccisi da noi. Il trattamento sarà ovviamente diverso. Per le due seconde categorie è vietato l'uso del ralenti, della colonna sonora, e di qualsiasi stima o numerazione.

14. Basta con i turisti e le famiglie che vengono a vedere i decolli dalle basi Nato come uno spettacolo qualsiasi. D'ora in avanti dovranno pagare regolare biglietto. Sarà permesso agli F117 di affittare spazi pubblicitari sulle ali, a eccezione della pubblicità delle sigarette che, come tutti sanno, possono uccidere.

15. Eltsin è un ciccione ubriacone. Questo non c'entra molto, ma siccome deve star zitto e buono finché non ha il nostro prestito in dollari, mi diverto a dirlo.

16. Dio ci protegga, se non vuole avere guai. Firmato: il presidente degli Stati Uniti d'America e Europa Bill Clinton.

28.

Sydney, l'ultima olimpiade

Le medaglie azzurre mettono a dura prova il patriottismo italico e la propaganda politica. Dopo la vittoria nella rana di Fioravanti, la parola d'ordine è "italiani popolo di nuotatori, viva il mare abbasso il suolo". Viva la tradizione di Venezia, Amalfi e Lignano Sabbiadoro. Un'indagine Doxa rivela che il 93% degli italiani fa la doccia senza salvagente. Siamo gli anfibi d'Europa. "La Gazzetta" titola "Tritoni, fateci sognare". Ciampi rivela a sorpresa: io so nuotare. Amato mostra una foto in cui galleggia tra i delfini, Rutelli risponde con un crawl nel Tevere tra le pantegane. Silvio e Fini si fanno ritrarre sulle scalette dei loro yacht, Bossi mentre fa il massaggio idroterapico in una vasca di polenta, le bolle sono sue.

Ma improvvisamente arriva l'oro della scherma. La parola d'ordine diventa: "tutti in pedana, siamo un popolo di spadaccini". Viva i capitani di ventura, viva il Corsaro nero. Un'indagine Doxa rivela che almeno il 92% degli italiani da piccolo si è vestito da Zorro. La "Gazzetta" titola "Moschettieri fateci sognare". Amato e Rutelli si sfidano a duello a Villa Borghese con due spade di *Star Wars*. Berlusconi si incazza perché nessuno del Milan gli ha mai segnalato questo Cyrano che gioca nel Bergerac.

Altro colpo di scena: un napoletano vince la medaglia nel judo. La nuova parola d'ordine è "italiani, la furia che viene dall'Oriente". L'Italia viene definita il Giappone d'Europa. Un'indagine Doxa rivela che il 91% dei nostri connazionali almeno una volta a scuola ha fatto lo sgambetto a un compagno. La “Gazzetta” intitola “Samurai, fateci sognare”. Amato si fa ritrarre mentre con un colpo di karate spacca in due un Tiramisù. Rutelli si fa fotografare in kimono da geisha. Silvio e Fini lanciano la moda della baionetta-fermacravatta. Bossi sostiene che Maddaloni è un cognome di origine celtica. In quel momento giunge la terribile notizia: potrebbe venire una medaglia dal calcio. Tutto come prima?

Si era detto che lo spirito olimpico avrebbe pervaso anche la campagna elettorale. Ma ci duole segnalare un fatto contrario a ogni regola di leale propaganda. Qualcuno, evidentemente vicino all'Ulivo, ha tappezzato tutta Italia di scorrettissimi manifesti. Essi recano la scritta: “Un impegno preciso. Città più sicure”. Sullo sfondo, la gigantografia di un uomo vestito di nero, gli occhi allucinati truccati col rimmel, il viso intriso di cerone, un sorriso da maniaco, lo sguardo segnato dal vizio e dall'emarginazione. È facile riconoscere in questo figuro “Fardman” Berlusconi, l'unto da Dio e dal Visagista, il pericolo numero uno per la sicurezza delle città italiane. Appartenente al famigerato clan arcorese, è noto come spacciatore di pericolose droghe catodiche, millantatore di posti di lavoro e loggista inveterato. Un incallito asociale che entra ed esce dalle aule giudiziarie lanciando i suoi anatemi contro i giudici, un ambiguo votofilo dedito a ogni accoppiamento politico. Anche se è vero che nessuna città sarà sicura finché uomini simili, a piedi o in elicottero, infesteranno le sue strade, ebbene non è leale approfittare di questo mascherone ghignante per guadagnare consensi. L'Ulivo trovi il responsabile di questi ignominiosi manifesti e li ritiri, anche perché spaventano i bambini, suscitano un pericoloso clima di intolleranza contro gli extramiliardari e aumentano il clima di insicurezza e violenza delle città.

Viva polemica ha destato l'apparizione nel villaggio olimpico del pugilatore australiano Kean Garoo. Dopo i nuotatori coi piedi palmati, le nuotatrici Maciste, i pesisti siliconati e le marciatrici col sangue mischiato a gasolio, quest'atleta è sicuramente il più sospetto di tutti. Oltre al viso assai particolare e al fatto che non parla mai, stupisce la lunghezza dei suoi piedi e soprattutto, la gobba sulla schiena che, per alcuni, sembra nascondere una lunga coda. Inoltre tutti hanno notato che, dopo l'allenamento, Kean Garoo non prende mai il pulmino con gli altri atleti, ma torna in albergo con grandi balzi. Ultimo inquietante particolare, non porta mai con sé né borse né zaino.

Il senatore Bossi ha reso noto che nel 2004 la Padania parteciperà autonomamente ai giochi Olimpici. I concorrenti padani non potranno però affrontare atleti negri, né atleti islamici, né atleti gay o quantomeno effeminati. Inoltre non potranno partecipare a gare a cui siano iscritti atleti la cui paternità non sia certa e che siano nati sotto il parallelo di Piacenza. Per quest'anno, l'unica gara che vedrà sicuramente una partecipazione padana, è il campionato di rotolamento tronchi della Baviera. Gli atleti olimpionici padani hanno però pronta un'elegante divisa. Gli uomini, una tuta verde con mutande imbottite di ovatta, le donne tailleur verde con grembiule e mestolo, per ricordare che un'atleta deve saper anche fare le cose di casa. Il senatore Bossi ha poi chiesto l'assegnazione dei Giochi 2004 a Treviso. Alla domanda se gli impianti saranno sufficienti, ha risposto che il Veneto ha i migliori odontotecnici impiantisti di Europa. E ha concluso: "La candidatura di Atene è stata un complotto dei comunisti, dei massoni e di quel frocio di Socrate".

Il ministro dello Sport e della Cultura Giovanna Melandri ha consolato la pesista Giganti dicendole che non era colpa sua se come atleta non era riuscita a vincere niente. La pesista Giganti a sua volta ha consolato il ministro Melandri dicendole che non era colpa sua se come ministro non aveva combinato niente. Una stretta di mano ha concluso l'incontro.

Sono iniziati alla periferia di Reggio i primi Giochi Olimpici di Sopravvivenza. Nelle prime gare, due vittorie italiane. Il pensionato ottantenne Aldo Caramella ha vinto i Cento metri con Smog percorrendo la distanza da casa al bar in tre minuti e tre secondi, con un solo attacco d'asma e sedici sputi. La casalinga Zuleika Galbiati ha vinto i Diecimila e Basta, comprando con le sole diecimila lire rimaste della pensione tre carrelli di supermarket pieni di merce. La Galbiati, detta "lo Zatopek dello sconto", è stata però trovata positiva all'esame antidoping. Le è stato rilevato nelle urine un tasso anomalo di salmone, sostanza proibita ai pensionati. Al suo posto, è stata premiata Linda Lovelacci, famosa per le sue omelettes al kitkat. I vincitori hanno scambiato la medaglia d'oro con un litro di benzina.

Ultimi clamorosi sviluppi del caso Kean Garoo. A tarda sera si è svolta una conferenza stampa in cui l'allenatore australiano Darix ha respinto tutte le accuse sulla presunta stranezza genetica di Garoo. L'allenatore ha spiegato che Garoo non parla perché è molto riservato, ed è gobbo dalla nascita. Ma a metà conferenza, sotto la tuta di Garoo si sono notati strani movimenti e all'improvviso sono schizzati fuori due cangurini, strillando "mamma, mamma voglio il gelato". Ed ecco la toccante verità: Garoo è una cangura di sette anni che ha deciso di battersi sul ring per mantenere la sua numerosa famiglia, cinquantadue piccoli marsupiali. Garoo è stata naturalmente squalificata, ma i giornalisti, commossi, hanno avviato una colletta raccogliendo la strabiliante somma di settantamila dollari, anche perché chi non tirava fuori i soldi, veniva preso a codate dall'animale. Dopo Garoo, si indaga anche sul saltatore in alto cinese Wang Niao, la cui grande elevazione ha insospettito tutti. Gli altri concorrenti hanno infatti notato che, ad ogni salto, Wang perde alcune piume, e durante la rincorsa ingoia gli insetti che gli capitano a tiro. La commissione antidoping e la Lipu hanno aperto un'inchiesta.

29.

Un Casinò chiamato Italia

C'è un paese dove, quando accade qualcosa di clamoroso, non ci si chiede come reagirà l'opinione pubblica, ma come reagirà la Borsa. E dove l'approvazione di una Finanziaria consuma più energie di mille scelte politiche. Ovvio che gli abitanti di questo paese sognino grandi fortune e carriolate di miliardi, e siano diventati un popolo di scommettitori, grattatori, biscazzieri, quizzaroli, schedinologi, cabalisti, lotteriofili e lottisti normali e super.

Per i giornali è una febbre, per gli psicologi è una compensazione, per la Chiesa è peccato, per lo Stato è un'entrata. Per noi, è un interessante campionario da cui trarre alcuni esempi.

Il giocatore di cavalli. Antico scommettitore che ha subito una mutazione genetica. Una volta le sale gioco sembravano un saloon di El Paso, o il bar di *Guerre Stellari*, adesso sembrano l'aeroporto di Tokyo, moderne e computerizzate. Ma potete trovare ancora qualche vecchio giocatore doc all'ippodromo. Si riconosce da tre particolari: 1) beve solo fernet o tombolino, micidiale mistura di caffè e liquore che provoca la tachicardia ippica, al ritmo degli zoccoli dei cavalli. Per individuare un vero giocatore, basta sentirgli il polso. Se ha più di duecento battiti al minuto è genuino; 2) il vero giocatore conosce, o fa finta di conoscere, tutti i cavalli. Dice "Veleno oggi non vince, ha lo sguardo triste". Oppure

"Vaniglia mi ha strizzato due volte l'occhio, vuol dirmi che arriva seconda"; 3) il vero giocatore, a fine anno, è sempre in perdita.

Il lottista. Il vecchio appassionato del lotto, quello che gioca i numeri dei sogni e dei morti celebri, esiste ancora, ma ha subito una notevole evoluzione. Gli specialisti di Smorfia si sentono rivolgere domande del tipo "ho sognato mia nonna che faceva una strage in un McDonald's con un mitra, che numeri devo giocare?". Il giocatore di superenalotto, invece, è un cybergiocatore, ipnotizzato dall'entità della cifra. Vi riporto un dialogo veramente ascoltato (lo giuro sulla costituzione americana).

Signore – Vorrei giocare al superenalotto, secondo lei quanto si vince questa settimana?

Tabaccaio – Cinque o sei miliardi.

Signore (sospirando) – Allora non ne vale la pena.

Il totocalcista. Ne esistono di tre tipi. a) Lo sprovveduto, che gioca schedine precotte, mette i segni a caso e atterrisce i presenti con domande del tipo "la Spal è quella che gioca a Madrid?". b) Lo scientifico, per il quale la schedina è una sofferenza. Passa ore a valutare i precedenti, consulta i giornali, soppesa le formazioni. Spesso lo si può trovare addormentato sul tavolo del bar, la testa sulla "Gazzetta" e in tasca l'ultima lastra del ginocchio di Baggio, misteriosamente in suo possesso. c) Il sistemista, che gioca per anni e anni la stessa schedina, solo o con amici. Se è un sistemista di gruppo, guai a tradire. È più facile uscire dalla Legione straniera o da una setta satanica che da un clan di sistemisti organizzati. Pare che alla base della vendetta del conte di Montecristo ci fosse in realtà la sua esclusione da un tredici.

Il giocatore di casinò. Personaggio mitico ormai in estinzione. Non si va più a Montecarlo per rischiare, ma per prendere la cittadinanza monegasca e non pagare tasse. Gommoni stracarichi di Vip italiani sbarcano nel porto del principato, sperando in un futuro migliore. Al posto del demone del gioco, li accompagna un angelo commercialista.

Il telegiocatore. Sicuramente il settore in maggiore espansione. Se i concorrenti entrassero in sciopero, la televisione dovrebbe chiudere. Invece eccoli lì, entusiasti e educatamente tonti per adeguarsi ai testi e ai presentatori. Lasciando da parte gli specialisti, come l'indovinatore di ritornelli, il battezzaprezzi e lo scopritore di frasi segrete, magari finto o con le soluzioni in tasca, i telegiocatori si dividono in due categorie:

a) il telefonatore che gioca da casa ed entra subito in garrula intimità col presentatore, con dialoghi del tipo: "Gerry, ma che piacere sentirti". "Brandolfo, ma che bel nome hai, che mestiere fai?". "Il becchino." "Ma che carino, dai, giochiamo." Il telefonatore abitualmente non deve rispondere a domande di alto profilo, ma niente è troppo facile per lui.

Esempio. Presentatore: "Mi dica qual è la città della Toscana dove si corre un famoso palio e che comincia con Sie..." Telespettatore: "Un aiutino, Paolo, un aiutino..."

b) l'ospite in studio. Nel tentativo di risollevare le sue sorti, la tivù moltiplica la cattura di coppie, nuclei familiari, gruppi di amici, bande di ottoni, reparti ospedalieri, onde poterli quizzare a grappoli. Se una volta per partecipare bisognava esser esperti di qualcosa, adesso anche un intenditore di funghi è troppo intellettuale per l'Auditel. Per cui i giocatori vengono sottoposti a un processo di cretinizzazione che esclude rigorosamente qualsiasi forma di intelligenza istintiva o scolasticamente appresa. Esempio: per vincere, il nonno è obbligato a raccogliere limoni con la bocca in una vasca da bagno. La madre deve cantare a singhiozzo *Tintarella di luna*. Il padre (l'ho visto, giuro sulla testa di Berlusconi) deve imparare a memoria i sessanta nomi dei presentatori televisivi più famosi con data di nascita. La nonna deve fare la sfoglia appesa per i piedi. Il bambino deve far dondolare la nonna se no è troppo facile. Alcuni giochi prevedono la partecipazione di squadre contrapposte di Vip, e bisogna ammettere, a loro onore, che riescono a essere molto più cretini dei concorrenti abituali.

Il giocatore estremo. Scommette solo su cose pericolose e illecite. Gare notturne di moto sulle rotonde, duelli di camion, corse abusive di cavalli, combattimenti di cani pitbull, tiro ai topi con la carabina, lancio di pietre in autostrada. Queste scommesse fetenti, ma anche le lotterie normali, in quanto idolatrie del denaro, sono state recentemente condannate dalla Chiesa. Che però non ha certo paura delle grandi cifre, come dimostra il Giubileo. Se le curie e i sindaci si dessero da fare per trovare casa ai poveri, come si impegnano a ristrutturare e preparare posti per i pellegrini di Roma, il problema della casa sarebbe risolto. Perché la Chiesa è formata da tantissime persone pronte alla rinuncia e al sacrificio. Ma ogni tanto, Marcinkus insegna, spunta anche qualche vocazione da croupier.

30.

Confessione di un povero compagno sul governo D'Alema

SCENA: una vecchia sezione comunista. Ai muri, poster sportivi. D'Alema in barca, Pantani in salita, il Papa che scia. Vicino al biliardo, un confessionale in mogano, nuovo di zecca. Un uomo entra e si inginocchia con aria contrita.

UOMO – Sono la tessera duecentosedici, compagno. Vorrei confessarmi sul governo D'Alema.

VOCE DA DENTRO – Non chiamarmi compagno, chiamami pure Padre. Da quanto non correggi la linea?

– È molto tempo padre. Mi sembra..., era il periodo delle lotte alla Fiat... dell'occupazione della fabbrica, sa, non ho capito quali sono i nuovi riferimenti storici del partito...

– Prima o dopo *Piccolo grande amore*?

– Mi sembra prima.

– Allora è davvero molto tempo. Hai fatto bene a venire. E dimmi, duecentosedici, che peccati hai commesso?

– Be', qualche volta, nel passato, la mia fede nel partito ha sbandato, ma ultimamente sta per cappottare. Quel Cossiga, ad esempio. Non vi ricordate Giorgiana Masi, Gladio, il caso Moro? Quello è uno che ha sempre insultato la sinistra, un maneggiosauro democristiano. Che steroidi ha preso per diventarci simpatico?

– Bisogna perdonare, figliolo, il perdono è la nuova dote del buon comunista. Cossiga si è ravveduto, ha buttato il piccone come noi abbiamo buttato la falce, tutto quello che è a punta va buttato via, arrotondiamo gli spigoli della politica. E Gladio era poca cosa, un Gladiolo, ecco, pensa a un bel fiore e rilassati. Respira col diaframma, pensa positivo, cerca di visualizzare un mare calmo e tu in pattino con Fassino, nell'aria un motivetto anni Sessanta.

– Ma cos' è, un nuovo tipo di indottrinamento?

– Si chiama training centrogeno. Apriti alla nuova era post-comunista, figliolo. Per anni abbiamo vagato su strade sbagliate, ma ora una luce ci guiderà verso il nostro grande destino. Come dice la canzone del compagno Cocciante, "era già tutto previsto".

– Mi scusi, ma non lo conosco.

– Anche questo è peccato. È l'unico cantante italiano al quale gli editori non hanno ancora chiesto di scrivere un libro. E dimmi, partecipi alla vita del partito? Guardi i tuoi dirigenti in televisione? Ti fai intervistare per strada? Rispondi ai sondaggi? Mandi dei fax?

– Ma questa non è la vita del partito, è il bilancio della Telecom.

– Non possiamo perder tempo ad ascoltare ogni dibattito di sezione, il tempo ci serve per decifrare Mastella. E dimmi, hai commesso atti impuri?

– Be', una volta al festival dell'Unità ho dato un bacio alla mia compagna senza togliermi la salsiccia di bocca. E poi Buttiglione mi fa fare dei brutti pensieri.

– E quando fai questi pensieri ti tocchi?

– Sì, mi tocco le balle perché per me porta sfiga, come si fa a pensare di allearsi con uno che parla con la bocca chiusa? Sembra sempre che stia suggerendo al vicino di banco. E voi pensate che possa dirigere una scuola?

– Stai calmo, figliolo. Comporre questo governo è un atto pastorale, e non è vero che facciamo ministri cani e porci, abbiamo già detto di no a Craxi, Zirinowsky, al dobermann di Bianco che voleva la Difesa.

– Padre, che brutte notizie, la mia fede vacilla, la mia tessera geme. Come posso redimermi?

– Correggi la linea, aggiornati. Guarda la televisione. è lì che si impara la dieta delle idee. Ma va bene anche il cinema, segui le indicazioni di Popcorn Veltroni, vai a qualche prima, comprati lo smoking. E compra dei dischi, anzi adesso si chiamano cd. Sai cos'è un cd?

– Un Dc che si può girare dall'altra parte?

– Figliolo, non fare lo spiritoso. Ravvediti.

– Ci proverò. Posso leggere qualche libro?

– Sì, ma attento. Avrai notato che, nel suo rinnovamento culturale, l'Ulivo si è ben guardato dal colmare la lacuna di una trasmissione televisiva sui libri. Un film banale, un disco, una sfilata di moda, fanno cento volte più notizia di un libro. Perché nei libri si nasconde ancora l'insidia. Leggi solo i libri giusti: avvocati americani, santoni cresoterici, saghe assiro-babilonesi, vite di santi e naturalmente D'Alema pubblicato da Berlusconi...

– Ho capito. E dobbiamo perdonare anche Berlusconi?

– Ma sì, vedrai che perdoneremo anche lui. Hai altri peccati da confessare?

– Non credo nell'indispensabilità di Ciampi.

– Ciò è molto grave. Per questo tre pater, ave e gloria e tre voti per De Mita. Hai capito, ora?

– Non tanto. Era più facile quando si parlava di falce e martello, era una simbologia agreste e artigianale, ma alla portata di tutti. Adesso quando parla D'Alema, non capisco, lui usa un gergo da yachtman, cosa vuol dire che dobbiamo andare di bolina?

– Governo nuovo, vita nuova. Cazza la randa, non distrambare e spazza la tolda delle vecchie idee. E adesso ascolta l'organo del partito.

– È tornata "l'Unità?"

– No, l'organo che abbiamo messo in sezione, da questa settimana facciamo messa tutti i giorni, vai e prega per questo governo, ne abbiamo bisogno. E ora recita l'atto di dolore.

– Signore, mi pento e mi dolgo di avere votato...

– Ho sentito bene?

– Stavo scherzando. Credo nella redenzione di Cossiga. Credo nei dibattiti televisivi. Credo nella maglietta fina, nella Rosa Jervolino, nell'indice Nikkei, nella resurrezione del cinema italiano, nel calcio pulito, nel festival di Sanremo, nella commissione per la giustizia, nell'innocenza della Pidue, nell'assemblea costituente, nelle convergenze parallele, nelle affinità tra Cossutta e Di Pietro, nel decapartito monolitico e nel bipolarismo acrobatico. Credo che a piazza Fontana sia scoppiata una bombola del gas. Credo nella continuità del progetto della sinistra. Credo che i ministri siano più importanti dei programmi. Credo... credo che sto per vomitare...

Si alza, scappa via. Dal confessionale esce Massimo D'Alema, in tonaca da domenicano e coi gradi di ammiraglio.

– Sarà dura... ma ce la faremo.

(Una luce lo illumina, si sente un coro di angeli, il suo corpo levita, poi uno schianto e tutto torna buio.)

D'Alema (incazzato) – Ancora non ci siamo con gli effetti speciali, forza ragazzi, che il miracolo è appena cominciato.

31.
L'"homo audience"

Qualcuno ritiene eccessiva e apocalittica la mia propensione a scrivere di catastrofe climatica, di distruzione dell'ambiente, di new crime economy. Qualcuno si complimenta quando le peggiori previsioni dei miei libri si avverano, come se fosse una gran soddisfazione. Ma quanto sta avvenendo, molti lo avevano previsto e denunciato con ben maggiore competenza e scientificità del sottoscritto. L'alluvione del Nord-Ovest, oggi, ottobre 2000, è frutto di due atteggiamenti criminali che si moltiplicano a vicenda. Da una parte la nuova economia globale, detta anche phew economy, ovvero scienza del disprezzo dell'ambiente. Questa dottrina avida e sfrenata, che più che a Adam Smith sembra ispirarsi a Charles Manson, sta mutando il clima del globo, trattando le risorse terrestri come se fossero il supermarket delle industrie, e non un bene collettivo. Governi e istituzioni assistono complici, o impotenti. Lo spirito di questa ecofollia, ben pubblicizzato dai media, avvelena le economie locali, i piccoli imprenditori, chiunque dovrebbe guadagnare o produrre con qualche responsabilità o limite.

Da una parte inquinamenti di interi laghi russi, disboscamento di foreste amazzoniche, atomiche francesi, inquinamento da riscaldamento in Cina, esperimenti di guerra chimica e suolo farcito di plutonio in Usa, petroliere che affondano, scarico di veleni in mare e nel terzo mondo, buco dell'ozono, inquinamento elettromagnetico, proliferare del Dio Auto. Dall'altra discariche abusive, incendi dolosi, fabbriche chimiche fuori dalla norma, cementificazione, lavori di ripristino dimenticati, appalti mafiosi, città strangolate dal benzene. Piccoli Crimini di avidità che imitano il Grande Crimine celebrato in Borsa, in un mondo dove ognuno ha rinunciato alla responsabilità individuale, per consegnarsi a irresponsabilità globali. Siamo farciti di satelliti, Internet e cellulari, ma non sappiamo più salvare un bosco, un fiume, o un campo, e così ci prepariamo all'ultimo grande regalo della tecnologia.

Quando finirà il mondo, ce lo potremo dire subito e in tanti modi, con e-mail o web cam, al ralenti o col videofonino Umts (sigla per Ultimo Modello di Telefono Superfluo). E l'ultima cosa che vedremo prima dello schianto finale, sarà una bolletta. Questo non solo per colpa del governo insipiente o dell'avida multinazionale, ma anche dei media che virtuosamente, a ogni disastro passano dalla parte degli accusatori, pur essendo spesso e volentieri il motore celebrante degli ecodistruttori. Non solo quando c'è fuoco o fango, i telegiornali e i giornali dovrebbero preoccuparsi della situazione ambientale. Tra uno spot e l'altro, potrebbero criticare lo strapotere della phew economy, pubblicare i rapporti del Wwf, dei meteorologi giapponesi e svedesi, della Commissione mondiale geologica e di tanti altri.

Un consiglio, caro direttore di "Repubblica": oltre a Borsa No problem, fai un inserto Ambiente Big problem in cui ogni settimana si parli di queste cose, non solo per salvare la pur simpatica e nobile foca monaca, ma anche l'aostano di montagna, il ferrarese anfibio, l'esquimese mercuriato, il pescatore sardo, l'africano disidratato, insomma tutti gli esemplari minacciati della razza denominata "homo sapiens", attualmente "homo audience".

Meglio essere pessimisti prima che rassegnati dopo: potrebbero esserci altre alluvioni quest'inverno in Italia. La protezione civile dovrebbe essere dieci volte più numerosa e preparata. Viviamo una nuova condizione climatica in cui le vecchie regole di rischio non valgono più. Servono organismi che impediscano all'avidità della phew economy di peggiorare la situazione, bisogna ascoltare le parole d'allarme lanciate da serissimi studiosi in tutto il mondo.

Nel duello elettorale non sentiamo sprecare molte parole per questi problemi. Il pataccaro ceronato e il cicciobello parlante sembrano due pugili che usano le parole "vincere, abbattere, eliminare" molto più di "salvare, ricominciare, aiutare". Poiché sono occupati al trucco, gli diamo noi qualche idea per la campagna elettorale.

Polo. L'onorevole Berlusconi, dopo aver scoperto con stupore l'esistenza dei terremotati, ha detto che è una vergogna che ci vogliano sei anni per avere una casa nuova. Lui ha comprato Arcore in due giorni. Perciò il commissario alla ricostruzione sarà Previti. Ha aggiunto che aiuterà l'Umbria anche se è zona rossa, perché lui non è fascista e conosce benissimo la storia della Resistenza, anzi è pronto a fare un dibattito in Tv con Matteotti. Inoltre, quando vincerà, come dicono i sondaggi che gli danno ormai il 134% dei voti, risolverà in un colpo solo i problemi ambientali e dell'economia. Tutti gli italiani potranno acquistare a prezzo stracciato una macchina blindata Berlucar e un telefonino Mediatel. Dentro questo semovente paradiso potranno vivere con sicurezza e spostarsi. Col videofonino potranno vedere le Tv Mediaset, ordinare la spesa alla Standa, partecipare a un'asta per un Raffaello, masturbarsi a distanza, entrare negli spogliatoi del Milan per vedere gli atleti che pisciano. In caso di alluvione l'auto galleggia, in caso di terremoto rimbalza, in caso di incendio basta chiamare 888734, un servizio privato di Canadair gestito da Piersilvio. In quanto all'ambiente, l'Italia diventerà un'azienda open-space, e se ci saranno infiltrazioni d'acqua o crolli o fughe di gas, nessun problema: il paese sarà assicurato con una polizza globale Mediolanum. L'onorevole Bossi, intervenendo a una manifestazione contro il cuscus nelle mense scolastiche, ha detto che la congiura massonica delle nutrie polesane comuniste e degli argini froci deve cessare. Il Po verrà deviato con apposite tubature, verso la Ciociaria, da dove potrà alluvionare il Sud. Per i terremoti, che come è ovvio sono dati dall'eccessivo peso che grava sul nostro suolo, basterà alleggerire l'Italia di un milione di immigrati. In quanto agli incendi, pena di morte per chi appicca, a meno che non dimostri che nel bosco erano accampati degli zingari.

Ulivo. Cicciobello Rimonta, ovverossia San Francesco Rutelli ha detto che sui problemi ambientali l'Ulivo ha un programma dettagliatissimo. Verranno organizzate cinquanta maratone in cinquanta città italiane. La maratona sarà obbligatoria, ed essendo prevista la morte di circa il quaranta per cento dei concorrenti, il traffico risulterà snellito. Inoltre su tutte le auto verrà affisso un adesivo "attenzione, inalare dalla marmitta potrebbe nuocere alla tua salute". Verranno organizzati dieci concerti anfibi di beneficenza, una partita di pallanuoto tra la nazionale Vip e la nazionale fiocinini e una caccia all'anguilla (nel senso del pesce, non di Di Pietro). Pavarotti si è già offerto per organizzare ventiquattr'ore di diretta televisiva da una chiatta, ma dal Polesine gli hanno detto che se verrà sul posto, preferirebbero usarlo come argine. Il Magistrato del Po sarà ristrutturato e allargato, e verrà trasformato nel Magistrato del lago del Po. Rutelli ha poi difeso l'operato dei sindaci e delle nutrie, e ha detto che in questo momento l'Ulivo deve ritrovare la sua anima unitaria e laica. Perciò, contro i crimini dello sfruttamento economico e il guasto ambientale, è stata indetta la prima giornata di preghiera ulivista. I bestemmiatori potranno partecipare solo tramite e-mail.

32.
La Storia

Da *Storia d'Italia* di Gasparri, Previti e Storace. Testo per le scuole medie dell'anno 2010.

Ai primi del Novecento un giovane pittore di nome Adolf Hitler, si accorse che la dittatura comunista stava cingendo d'assedio la Germania e il mondo. Dopo essere stato perseguitato dalla magistratura e incarcerato, scrisse un veemente saggio sulla superiorità della razza nordica, che lo rese assai popolare. Egli si recò con una piccola scorta militare in Polonia, per promozionare le sue idee. Subito l'Europa filocomunista e parcondicionista gridò all'invasione e lo attaccò. Hitler si difese eroicamente. Per evitare danni ai civili, evacuò alcune città e sistemò gli abitanti in centri di accoglienza quali Auschwitz e Buchenwald. Purtroppo il grande numero di persone causò disagi e carenze nell'accoglienza. La storiografia marxista, con la consueta enfasi settaria, bollò l'accaduto col termine "Olocausto". In realtà, anche se ci fu qualche eccesso da parte dei militari tedeschi, la vicenda è ancora così oscura che, per la sua delicatezza e la violenza di alcune immagini, il ministro dell'Istruzione Rovagnati l'ha vietata ai minori di anni 18. Potrete eventualmente studiarla all'università se passerete l'esame delle "quattro i": (Internet, Impresa, Inglese e Il papà mi dà trenta milioni per iscrivermi).

Dopo il presunto Olocausto, tutti si accanirono contro il povero Adolf. Egli affrontò con coraggio le armate staliniane, la lobby giudaica, i depravati inglesi e i sanguinari francesi. Ma alla fine fu travolto da un massiccio sbarco di extracomunitari in Normandia, favorito dalla politica lassista delle sinistre italiane. Intanto in Italia Benito Mussolini e altri carbonari, che avevano appoggiato il generoso sforzo liberista hitleriano, furono rovesciati da una congiura di partigiani sostenuti dalla magistratura.

La dittatura comunista regnò per molti anni, con la collaborazione dei cattolici rossi, dei massoni e della lobby omosessuale. Uomini come Fanfani, Rumor, Scelba, e Taviani, tutti di stretta osservanza marxista, detennero a lungo il potere, e nelle scuole la propaganda stalinista cancellò ogni traccia di verità storica. Basti dire che, nelle carte geografiche appese nelle aule, la Russia fu ritratta assai più grande del nostro paese. Lo scoppio di una caldaia alla stazione di Bologna, sostenuto a lungo dal solo perseguitato Bruno Vespa, fu contrabbandato per strage, e così pure venne deviata la verità su Ustica (l'aereo scontratosi contro un sottomarino russo impazzito) e sul guasto meccanico dell'Italicus. Si giunse persino a dire che Hitler era dotato di un membro sotto la media, mentre invece... (vedi illustrazione pagina 145 in alto).

Ma ecco irrompere sulla scena mondiale un giovane eroico lombardo, Silvio Berlusconi (vedi illustrazione pagina 145 in basso). Egli cantava in un pianobar e non pensava alla politica, quando un giorno vide apparire, su un prato alla periferia di Milano, un angelo con la spada fiammeggiante che gli disse: "O unto da Dio, tu sei il prescelto: libererai l'Italia dai comunisti e diventerai ricco e famoso. Eccoti i fondi per fare tre televisioni". E di colpo Berlusconi si ritrovò pieno di monete d'oro. I magistrati persecutori gli chiesero a lungo come avesse fatto quei soldi così in fretta, ma dovettero arrendersi di fronte al miracolo.

Nella cantina della sua modesta abitazione di Arcore, Silvio preparò la riscossa insieme a patrioti come Dell'Utri, Previti, Confalonieri e Pilo. Con pochi mezzi e coi media tutti in mano al nemico bolscevico, riuscì a vincere le elezioni, ma il tradimento di un altro lombardo, Bozzi, lo privò del giusto diritto a governare. La dittatura rossa tornò a opprimere l'Italia. I comunisti tolsero a Berlusconi ogni avere, tutte le televisioni e lo incarcerarono per lunghi anni. Silvio Berlusconi fu rinchiuso insieme a Silvio Pellico allo Spielberg, un castello appartenuto al produttore americano. Ma un giorno l'angelo fiammeggiante riapparve e liberò Berlusconi, che rivinse le elezioni a capo di un triumvirato. Questa volta non commise gli errori precedenti. Liquidò con un congruo assegno gli altri triumviri Bozzi e Fidi e divenne imperatore d'Italia col nome di Silviodoro primo. Sotto di lui la Fininvest e il paese godettero di un periodo di prosperità senza pari. Fu iniziato il ponte di Messina, per congiungere Messina a Reggio Emilia. Fu genialmente creato un milione di posti di lavoro licenziando un milione di vecchi lavoratori. La battaglia tra magistratura e mafia fu finalmente vinta, sconfiggendo la magistratura.

Oggi nel 2010, il nostro paese è invidiato e temuto, anche se è tuttora accerchiato dai centri sociali, dall'Europa bolscevica e dai molli americani del primo presidente ex nero Michael Jackson. Ma l'imperatore Silviodoro si prepara a fare dell'Italia la più grande potenza del mondo libero. Le nostre truppe e le nostre parabole televisive hanno già conquistato la Svizzera, e dall'Austria del nostro alleato Kaiser Haider accerchiano Praga e puntano verso la Polonia. E stavolta, non falliremo.

Indice

Stampa Grafica Sipiel
Milano, marzo 2007